KB061423

미안해,
실수로
널 쏟았어

미안해,
실수로
널 쏟았어

정다연 지음

믹스커피
MIXCOFFEE

빗소리를 휴대전화에 녹음해 듣고 다니던 때가 있었다. 새
벽 2시의 공기가 좋아서 밤낮이 바뀐 채 생활하던 때도 있
었다. 글이 잘 써지지 않아 먹먹한 마음으로 멍하니 책상
앞에 앉아 시간을 보내던 때도 있었다. 지지부진한 퇴고
과정이 괴로워 머리를 싸매던 때도 있었다. 그런 무수한
나날이 구슬처럼 한 줄로 꿰어져 오늘에 다다랐다.

집필을 마무리하고 한동안 공허한 기분에 휩싸였다. 그
사이 나에겐 많은 변화가 생겼다. 새로운 환경에서 낯선
사람들과 부대끼며 색다른 감정의 변화를 느꼈다. 지하에
굴을 파서 몸을 숨기고 싶을 만큼 우울한 일도 있었고, 아

무 날도 아닌 날 꽃 선물을 받은 것처럼 기쁜 일도 있었다.

서른. 이 나이쯤 되면 지난날의 불안을 떨치고 마음의 안정을 얻을 수 있을 거라는 환상이 있었다. 그러나 내게 서른은 너무 혹독했다. 좋은 친구들이 옆에 있었지만 혼자만의 힘으로 버텨야 하는 삶의 무게가 버거웠다. 외로움을 환절기 감기처럼 달고 살았다. 사랑은 흔들렸고, 일은 좀처럼 잘 풀리지 않았으며, 관계는 삐걱댔다.

산적한 삶의 고민 앞에서 느닷없이 발 앞에 떨어진 벽돌을 마주했을 때 나는 잠시 생각에 잠겼다. 이 벽돌을 비켜갈 것인지, 밟고 올라설 것인지, 들고 어딘가로 뛰어갈 것인지. 나는 비켜가거나 올라서지 않은 채 벽돌을 들고 이제까지 만난 적 없던 세계로 가보기로 결심했다. 그 과정에서 내가 겪었고, 또한 견뎌냈던 새로운 세계에 대한 이야기를 이 책에 담았다.

며칠째 추적추적 비가 내리고 있다. 서른의 울음이 한꺼번에 쏟아지는 것 같다. 낯선 도시에서 차를 몰면서 나는 음악을 들었다. 와이퍼를 켜 차창으로 쏟아지는 빗물을 밀어냈다.

서른은 다르게 기억될 것이다.

서른 즈음에 겪는 내면의 변화는 이상한 일이거나 당신에게만 국한된 문제가 아니다. 누구나 겪을 수 있는 자연스러운 일이다. 내게는 비오는 날 바람 부는 길목에서 흔들리는 코스모스 같았던 서른이, 누군가에게는 눈부시게 맑은 날 라벤더 꽃을 맴도는 흰 나비 떼 같을 수 있다. 이래도 좋고 저래도 좋다. 다만 나처럼 발 앞에 떨어진 벽돌을 맞닥뜨리거나, 비바람에 온몸을 내맡긴 코스모스처럼 이리저리 흔들리고 있는 이들에게 이 글을 전하고 싶다. 그들에게 조금이나마 힘이 되고 싶다.

미안해, 실수로 널 쏟았어

마지막으로 조각보처럼 흐트러진 글을 가공되지 않은 보석처럼 귀하게 여겨준 담당 편집자와 출판사 직원들에게 고마운 마음을 전한다.

정다연

04 울프에게 묻다

05 관계, 오롯이

06 어쩌다 서른

애프터레인

블랙홀

장대비를 뚫고,
꿈을 뒤로한 채
달렸다.

쏴아아. 먹구름이 슬금슬금 뒤꿈치를 밟는 것 같더니 곧 앞질러 가 장대비를 퍼부었다. 트렁크와 뒷좌석 천장까지 짐을 가득 싣고 고속도로를 달리던 중이었다. 4시간 중 고작 절반을 왔을 뿐인데 어깨가 무겁고 뒷덜미가 뻐근했다. 직접 차에 짐을 싣고 이사하기는 처음이었다. 웬만한 물건은 다 버렸다. 처음 광주에 왔을 때처럼 떠날 때도 꼭 가져가야 할 것들만 챙겼다.

오디오를 켜자 에어컨 바람 위로 부드러운 멜로디가 흘러나왔다. 와이퍼가 장대비를 밀어내는 소리가 그 위로 앉았다. 사계절을 채 보내지 못하고 광주를 떠나게 되었다.

나는 어디서 흘러와서 어디로 가는 것일까. 첫 직장에서 겨울과 봄을 지나 여름까지 보냈다. 내가 없는 광주의 가을은 어떤 모습일지 머릿속에 선뜻 그려지지 않았다. 사방이 안개로 뒤덮이자 앞차에 붉은 후미등이 켜졌다.

이렇게 훌쩍 떠나도 되는 걸까.

신문사에 합격하고 처음 친척들을 만난 자리에서 고모부는 농담으로 "1년은 다녀야 한다."라고 말했다. 나는 대수롭지 않게 "걱정 마세요. 그렇게 바라던 일인데 쉽게 놓지 않아요."라고 자신 있게 대꾸했다.

간절하게 하고 싶었던 일. 가슴이 뜨겁게 벅차올랐던 일. 그건 뉴스를 만드는 일이었다. 나는 그토록 오랜 시간 원하고 갈망하던 꿈을 내팽개치고 급하게 달아나고 있었다. 오로지 뉴스를 만들고 싶다는 마음 하나만으로 합격 통보를 받자마자 부랴부랴 짐을 싸서 왔던 낯선 도시를, 겨울이 다시 오기 전에 도망치듯 떠나고 있다. 빗물에 젖은 노면이 일렁이던 8월의 어느 날이었다.

무서운 속도로 퍼붓던 비가 돌연 멈췄다. 시야를 가리

던 안개가 걷히고 한 번도 비를 맞은 적 없었던 것처럼 메마른 아스팔트 도로와 하늘이 눈앞에 나타났다. 차 안에 멜로디가 울려 퍼졌고, 나는 여전히 앞만 보고 달렸다. 쓸모를 다한 와이퍼는 제자리로 돌아갔다. 서서히 차가 막히기 시작했고 나는 그렇게 광주로 떠나기 전에 살았던 서울 집으로 향했다.

마침내 집 앞에 다다랐다. 테이프와 노끈으로 꽁꽁 묶은 박스들과 바퀴 달린 검정색 캐리어를 꺼내 날랐다. 문을 활짝 열고 집으로 들어서자 현관문에 달린 드림캐처가 살랑살랑 흔들렸다. 익숙한 광경이었지만 실감이 나지 않았다. 마치 긴 꿈을 꾸고 집으로 돌아온 것만 같았다. 짐 정리를 미뤄두고 방으로 들어가 침대에 털썩 드러누웠다. 내가 있어야 할 곳에 왔다는 안도감과 동시에 알싸한 슬픔이 밀려왔다.

광주에서 보낸 시간은 기자로서의 내 삶에 단단한 주춧돌을 놓았지만, 언제부턴가 마음에 시커멓고 깊은 구멍을 만들었다.

엄지손톱만 했던 구멍은 점점 자라 양손을 움켜쥔 것

만큼 커졌다. 검고 큰 구멍은 야금야금 나를 갉아먹기 시작했고, 그곳에 머무는 날이 길어질수록 반대로 나의 존재는 조금씩 사라져갔다. 그곳은 오롯한 나로 살기에는 척박한 곳이었다. 나답게 살기 위해 무언가를 증명하거나 무언가와 싸워야 하는 일이 너무 많았다. 나는 힘에 부쳤고 점점 지쳤다. 나의 마음은 계속 소모되었다. 결국 기자로서 첫발을 떼기 위해 연고도 없는 낯선 곳까지 한달음에 달려갔던 나는 다시 제자리로 돌아와야 했다.

누구의 멱살이든 붙잡고 싶었다. 삶의 매순간 정말 최선을 다했는데 왜 내 꼬락서니는 이 모양이냐고. 누구의 멱살이든 움켜잡고 원망하고 싶었다. 하지만 그럴 수 없다는 것을 안다. 어떤 꼴이든 내 삶을 책임지는 이는 결국 '너'도 '그들'도 아닌 '나'뿐이다.

시커먼 구멍이 몸집을 불려 영혼을 집어삼키기 전에 백기를 들고 짐을 쌌다. 딱 한 번 뒤돌아봤다. 그리고 다시 앞을 봤다. 블랙홀에 빨려 들어가 흔적도 없이 사라지기 전에 나는 정체를 알 수 없는 무언가로부터 있는 힘껏 도망쳤다.

꿈을 뒤로한 채 달렸다.

작가의 죽음

작품은
육신을 잃은 작가의 혼을
실어 나른다.

종이신문을 받아 본다. 한 달에 내는 금액은 1만 8천 원. 매주 월요일부터 토요일까지 새벽 3시면 신문이 툭 하고 현관문 앞에 착지하는 소리가 들린다. 신문을 구독하는 이유는 동종업계에 대한 의리 때문만은 아니고, 내가 고집스럽게 아날로그적인 구석이 있어서다.

똑같은 활자인데 신문에 인쇄된 활자는 디지털기기 속 활자보다 생동감 있게 느껴진다. 살아 움직이는 것처럼 보인다. 스스로 의지를 가지고 있는 것 같다. 얇은 잿빛 종이에서 벌떡 일어나 나에게 말을 거는 것만 같다. 신문을 하도 읽으니까 이제는 신문사나 기자에 따라 기사에서 다른 목소리가 들린다. 감정이 아무리 배제되었다 하더라도, 문장과 선택된 단어들 사이에서 기사를 쓴 사람의 시선과 감정이 읽힌다. 여러 개의 기사들이 배열된 지면에서는 신문사의 의도가 생생하게 드러난다. 그런 맛 때문에 신문을 읽는다.

신문을 읽어도 매번 마주하기 어려운 기사가 있는데, 바로 부고 기사다. 특히 작가(글을 써서 물질로 생산한 모든 사람을 지칭)의 죽음을 전하는 기사를 읽을 때면 마음이 복잡해진다. 기사에 요약된 작가의 일생과 작가가 추구했던 이상, 작가의 일부이자 전부가 담긴 책을 마주할 때 그들의 죽음에 대해 생각하게 된다.

죽음을 앞둔 작가들은 자신의 작품을 어떤 마음으로 바라볼까. 덧없다고 생각할까. 더 완성도 높은 작품을 쓰고 싶다는 미련이 남을까. 100년도 지나지 않아 잊히는 건 아닌지 걱정할까. 할 수 있는 만큼 최선을 다했다고 후련하게 생각할까. 빛을 보지 못한 작품이 뒤늦게라도 사랑받기를 바랄까.

내가 앞으로 책을 더 낼 수 있을지, 아니면 이 책이 처음이자 마지막이 될지는 모르겠다. 다만 내가 쓴 책이 훗날 사람들에게 쓸모 있는 기록이었으면 한다. 내가 말하는 쓸모 있는 기록이란 평범한 사람의 일상에서 드러나는 시대에 대한 정보나 그 시대에 통용된 관점을 의미한다.

조금 더 욕심을 내자면, 작가인 내가 먼지처럼 흩어져 사라진다 해도 이 책이 얼굴 한 번 본 적 없는 누군가와 교감할 수 있는 연결고리였으면 좋겠다.

죽음이라는 과정은 돈이 많든 적든, 나이가 많든 적든 누구나 평등하게 거치는 인생의 관문이다. 나는 죽음은 결말이 아니라 과정이라고 생각한다. 사람은 누구나 한 번쯤 죽음을 직접 혹은 간접적으로 겪으면서 삶의 변화를 겪는다. 일면식도 없는 어느 작가의 부고 기사를 읽으며 '작가의 죽음'을 떠올리는 것 또한 죽음을 간접적으로 겪는 과정이다.

어떤 작품을 접하든 작가가 살았던 장소와 시간을 상상해본다. 작품은 육신을 잃은 작가의 혼을 실어 나른다. 이국땅으로도 보내고, 사는 모습이 딴판인 먼 미래로도 보낸다. 그리하여 어디든 작품이 닿으면 작가는 죽음 이후에도 누군가의 마음을 깃털처럼 간질일 수 있다.

2017년 겨울, 나는 100인의 배우들이 한국 중·단편 소설을 낭독하는 오디오북 『100인의 배우, 우리 문학을 읽다』를 구입했다. 회사를 그만두고 적금을 다 깨먹은 뒤라서 주머니 사정이 여의치 않았지만, 사고 싶을 때 살 수 있는 물건도 아닌 만큼 오래 망설이지 않고 샀다. 한참 뒤에 크리스마스트리 모양의 카드와 함께 오디오북 파일이 담긴 USB가 집으로 배송되었다.

꽁꽁 언 한강 위를 지하철로 오갈 때마다 오디오북을 들었다. 첫 작품은 나혜석 작가의 『경희』였다. 휴대전화로 파일을 재생하자 배우 윤석화의 청량하고 톡 쏘는 목소리가 흘러나왔다. 처음엔 별생각 없이 지하철 차창 밖을 보며 음악처럼 들었는데, 어느 구절을 듣다가 이 소설이 옛날 작품이 맞나 싶어 황급히 작가 나혜석의 삶을 찾아봤다.

학교를 다니면서 웬만한 한국 현대문학은 다 배웠다고 생각했는데, 어째서 나혜석이라는 작가의 이름도 『경희』라는 소설도 몰랐을까. 왜 이제야 그녀를 알게 된 건지 이해가 되지 않았다. 내가 공부를 열심히 하지 않았던 탓일까, 아니면 교과서에 남성 작가의 작품이 대부분인 탓일까. 아무튼 그 즈음 버지니아 울프의 『자기만의 방』을 인상 깊게

미안해, 실수로 널 쏟았어

읽었던 참이어서 나는 그녀가 한국의 버지니아 울프라 불려도 손색이 없겠다는 생각이 들었다.

1896년 조선에서 태어난 나혜석의 삶은 드라마보다 더 드라마 같았다. 부유한 집안에서 나고 자라 일본에 유학을 다녀왔고, 예술적 재능이 많아 화가로 활동하는 동시에 소설도 발표했다. 예술가다운 기질을 발휘해 기발하고 참신한 방식으로 조선에서 여성의 인권에 대한 목소리를 내기도 했다. 하지만 우리나라 최초의 여성 서양화가이자 작가라는 화려한 수식어와 달리 말년에는 사회와 가족으로부터 외면받았고, 1948년 겨울에 노숙자 신세로 길에서 죽음을 맞는다.

말년에 모든 것을 잃고 겨울의 거리를 헤맬 때, 그녀는 유학생 시절 조혼을 재촉하는 아버지에게 보여주기 위해 발표한 자신의 단편소설이 미래의 사람들에게 어떤 영향을 줄지 상상이나 했을까.

오디오북을 듣던 그때는 나도 나혜석이라는 작가가 뒤늦게나마 현대의 사람들에게 널리 관심을 받을 거라고 예상하지 못했다. 나혜석 자신도 마찬가지였을 것이다. 그녀가 죽음을 맞이하기 직전에 본 한국 사회는 여성에게 너무 가혹했고, 더 나아질 희망도 보이지 않았을 테니 말이다. 능력이 있지만 개인적, 환경적, 사회적 편견과 벽을 넘지 못하고 사장된 여성의 재능을 '나혜석 콤플렉스'라 부른다고 한다. 그녀는 자신의 이름이 미래의 사람들에게 어떻게 쓰일지 상상이나 했을까.

나의 죽음은, 내가 남기는 모든 기록의 마지막은 어떤 모습일지 궁금하다. 누군가의 집을 전전하다 재활용 업체로 실려가 끝을 맞이하게 될까? 종이가 변색되고 바스러질 때까지 존재하다 사라지게 되는 걸까? 아니면 나의 죽음과 함께 같이 불태워질까? 부디 나는 떠나도 내가 만든 작품은 살려주기를.

글을 쓰다 보니 벌써 새벽 3시. 오늘도 어김없이 신문이 왔다. 아침이면 태풍 솔릭이 제주도 남남동쪽 해상을 지나간다고 한다. 바람이 휘몰아쳐도, 폭우가 쏟아져도, 천둥과 번개가 연달아 내리쳐도 신문은 배달된다. 매번 약속을 지킨다는 것은 정말 어려운 일이다. 그래서 신문 배달은 사람이 하는 일 중에 가장 대단하고 위대한 일처럼 느껴진다.

　나는 촌스러운 데가 있어서 사람이 새벽마다 배달해주는 신문이 좋다. 이러고 보니 신문이 아니라 '배달되는 신문'을 좋아하는 것 같다. 모두 다 좋다. 사람의 온기가 느껴지는 것이라면 다 좋다.

깊은 밤, 꿈, 무의식

밤이 한없이 깊어진다.
엄마는 나를 뱄을 때
태몽 대신 악몽을 꿨다고 했다.

밤이 한없이 깊어진다. 도시의 빛을 찾을 수 없는 제주시 한경면 신창리의 한 마을. 시골의 밤은 그윽하고 스산했다. 늦은 저녁을 먹고 숙소를 나왔다. 어둠을 헤집고 구불구불한 길을 따라 천천히 걸었다. 빛이 사라진 자리를 소리가 메운다.

섬을 향해 달려드는 제주 서쪽 바다의 너울 소리. 불 꺼진 양식장에서 들려오는 웅장한 모터 소리. 파도끼리 맹렬히 부딪히며 부서지는 소리. 얼굴 위로 끈적끈적한 바람이 덮친다. 짭조름하고 비릿한 냄새가 코와 귀로 스며들었다. 꿈속 어딘가에 와 있는 듯했다.

엄마는 나를 뱄을 때 태몽 대신 악몽을 꿨다고 했다. 악몽은 출산을 몇 주 앞둔 어느 날부터 시작되었다. 돌아가신 외할아버지가 매일 밤 꿈에 나타나 만삭인 엄마를 쫓아왔다. 엄마는 무거운 몸을 끌고 외할아버지를 피해 다녔다. 외할머니와 이모들이 차례로 숨겨줘서 붙잡히지 않았지만 너무 무서워서 바들바들 떨며 주기도문을 외웠다고 한다.

"하늘에 계신 아버지. 아버지의 이름을 거룩하게 하시며, 아버지의 나라가 오게 하시며, 아버지의 뜻이 하늘에서와 같이 땅에서도 이루어지게 하소서…."

열흘 내내 같은 꿈에 시달렸던 엄마는 정기검진일에 산부인과에 갔다. 순천 성가롤로병원은 수녀회가 운영하는 지역 종합병원으로, 병원에서 엄마는 수녀님으로부터 양수가 거의 다 빠져 아기가 위험할 뻔했다는 이야기를 들었다. 엄마는 곧바로 입원했고, 나는 다행히도 큰 탈 없이 건강하게 태어났다.

그런 태몽을 겪고 태어난 탓인지 모르겠지만 나는 어릴 때부터 자주 꿈을 꿨다. 진한 두려움과 공포가 항상 꿈속에서 나를 괴롭혔다. 낮에는 장난기 많은 동생과, 〈전설의 고향〉을 예능 프로그램처럼 즐겁게 보는 엄마가 옆에 있었지만, 깊은 밤에는 언제나 나 혼자였다. 열 살이 될 때까지 밤마다 전등을 켜고 잤다. 어둠이 내려앉은 밤, 홀로 무서운 것을 상대해야 하는 일은 괴로웠다.

어릴 적 꿈에는 뾰족한 이빨을 번득이며 턱 아래로 침을 줄줄 흘리는 사나운 개가 나를 쫓아왔다. 매번 같은 개였다. 여섯 살 때 생긴 트라우마 때문이었다. 유치원에서 낙안읍성으로 소풍을 갔는데 같은 반 남자아이가 피를 흘린 채 나타났다. 종아리 살은 엉망이 되어 있었다. 선생님이 어떻게 된 일인지 묻자 아이는 진돗개에 물렸다고 했다. 정작 그 아이는 크게 울지도 않았는데 나는 그날 이후로 개를 마주할 때마다 극심한 스트레스에 시달렸다. 방울 소리만 들어도 소스라치게 놀랐고, 목줄을 하고 있거나 너무 작아서 나를 물지 못한다는 것을 이해해도 개만 보면 얼어붙었다.

그래서 내 악몽에는 항상 큰 개가 나타났다. 스위치를 켜듯 핀 조명이 켜지면 무대 위에는 오로지 큰 개와 나 둘뿐이다. 나는 늘 쫓겼고, 개는 마치 사명을 다하듯 큰 소리

미안해, 실수로 널 쏟았어

로 짖으면서 나를 쫓아왔다. 나는 숨 막히는 공포에 짓눌려 높은 곳으로 도망쳤다. 더 이상 물러설 곳이 없어 개가 나를 덮치려고 하면 잠에서 깨어났다.

희한하게도 악몽 속의 개는 트라우마를 극복한 이후엔 더 이상 나타나지 않았다. 불과 몇 년 전이었다. 막내 이모가 태어난 지 1년 남짓 된 수컷 비숑 프리제 한 마리를 입양했는데, 나로서는 태어나서 처음으로 유대관계를 맺은 개였다. 그 무렵 이모는 부천 외할머니 댁에 강아지를 맡기고 여행을 떠났다. 하필 그 타이밍에 나는 외할머니 댁에서 이틀 밤을 자야만 했다. 처음에는 이모를 원망했다. 개와 밤을 보내야 한다는 생각만으로도 아찔했고, 스트레스로 머리가 지끈거렸다. 게다가 녀석은 어려서 그런지 사람을 무서워하지도 않고 온 집을 제 영역인 것마냥 천방지축으로 활보했다.

나는 작고 하얀 털북숭이와 부딪히지 않도록 거실 구석에서 가급적 몸을 웅크리고 있었다. 그런데 녀석이 신나게 뛰어다니다가 실수로 내 허벅지와 발등을 밟았다. 강아지의 눈치를 보며 몸을 웅크리다니 인간으로서 너무 자존심 구겨지는 일이었다. 몇 차례 더 밟힌 후에 나는 용기를

내서 강아지에게 다가갔다. 녀석의 앞발을 잡고 "잘 지내
보자." 하며 악수를 했다. 그리고 떨리는 마음으로 손을 뻗
어 목덜미와 배를 쓰다듬었다. 그런데 덜덜 떠는 나와 달
리 녀석은 검고 큰 눈망울로 어떤 경계심도 없이 내 손길
에 몸을 맡겼다. 작고 뜨거운 체구에서 심장이 어찌나 빨
리 뛰던지 괜히 마음이 뭉클해졌다. 그 후로 나를 쫓던 큰
개는 더 이상 꿈에 나타나지 않았다.

그렇다고 악몽이 끝난 것은 아니었다. 두려움의 형상이
바뀌었을 뿐이다. 개를 무서워하는 마음은 사라져도 두려
움이라는 감정은 사라지지 않았다. 꿈에는 큰 개 대신 나
보다 키가 크고 완력이 센 남자가 나타났다. 그 남자는 늘
검은 야구모자를 푹 눌러썼는데, 큰 개가 그랬던 것처럼
다짜고짜 나를 쫓아왔다. 한번은 쫓기다가 그 남자에게 붙
잡혀 목이 졸린 적이 있다. 남자에게서 벗어나려고 양손을
뻗어 버둥거렸지만 워낙 힘 차이가 커서 소용없었다. 너무
도 생생한 공포였다.
　나흘 넘게 매일 같은 꿈을 반복해서 꾸자 나는 이 상황
이 꿈이라는 것을 인지하기 시작했다. 그리고 매번 도망치

미안해, 실수로 널 쏟았어

기 급급했던 어느 날 등을 돌려 그 남자와 맞서 싸웠다. 어디서 그런 용기가 났는지는 모르겠다. 이후 며칠 밤은 도망치지 않고 계속 맞섰다. 당연히 그에게 패배했지만 포기하지 않았고, 여드레 만에 처음으로 나는 그를 이겼다. 남자를 이겨내자 그 역시 더 이상 내 꿈에 나타나지 않았다. 이상한 일이었다. 꿈에서 겪은 일련의 과정이 너무 생생해서 마치 실제로 내가 어떤 난관과 벽을 극복한 것처럼 느껴졌다. 정말 이상하게도 무언가 알 수 없는 자신감이 샘솟았다.

꿈이 무엇을 의미하는지 알지 못했다. 궁금해서 정신의학자 칼 융이 쓴 책을 찾아봤다. 칼 융은 자신의 책을 통해 꿈이 무의식을 보여준다고 설명했다. 그렇다면 이따금 나를 찾아와 기이한 기분을 느끼게 하는 이 악몽들은 어떤 의미가 있는 걸까. 나를 쫓아오는 두려운 존재들은 어떤 무의식이 드러난 걸까.

큰 개와 검은 야구모자를 쓴 남자가 꿈속에서 나타날 때, 나는 실제로는 괜찮지 않은데 사람들 앞에선 아무렇지 않은 척하며 지내고 있었다. 속마음을 외면하고 마음의 상처를 보듬지 않는 나에게 두려움의 형상이 찾아와 경고를 한 것이다. 나는 꿈을 통해 비로소 무의식이 보내는 신호를 읽을 수 있었다. 이윽고 외면하고 싶었던 불안과 고민을 정면으로 바라보기로 했다. 불완전한 나를 받아들이자 그렇게 악몽은 멈췄다.

그럼에도 불구하고 꿈은 계속되었다. 이따금 스스로에게 솔직하지 못할 때마다 악몽을 꿨다. 꿈은 내가 숨기고 싶어 하는 욕망과 고민거리를 적나라하게 눈앞에 펼쳐 보였다. 갈등 상황 속에 나를 데려가 진짜 원하는 것이 무엇인지 알아차리도록 했다. 한때는 꿈 때문에 밤이 끔찍하게 싫었다. 잠드는 게 겁나서 동틀 무렵까지 버티다 기절하듯 잠든 적도 많았다. 그러나 지금은 초연하다. 가끔은 꽁꽁 숨겨둔 속마음을 들켜 부끄러울 때도 있지만 중요한 순간마다 꿈이 보여주는 무의식 때문에 내면의 거울을 잘 볼 수 있게 되었다.

눈을 가리고 귀를 닫고 싶을 때면 시골의 밤을 찾는다. 이번엔 멀리 제주 서쪽의 마을까지 왔다. 사람들의 목소리에 둘러싸여 있던 동안 수없이 베여 언제 어디서 입은 상처인지 알 수 없었던 흉터가 시골 밤에는 잘 보였다. 빨간

약도 연고도 내게는 소용없었다. 혼자만의 시간이 최고의 처방이었다. 외부의 빛과 소리를 차단하고 상처가 저절로 아물 때까지 기다렸다.

눈앞에 빽빽하게 펼쳐진 어둠은 더 이상 두렵지 않다. 나를 겁나게 하는 것은 따로 있다. 어떤 통증도 알아차리지 못한 채 살아가는 일이다.

애프터레인

공원 벤치에 앉으니
오래전 비가 그친
그날이 떠올랐다.

폭우는 차를 가뒀다. E와 나는 보닛을 때리는 굵은 빗줄기 소리를 듣고 있었다. 운전대를 잡은 지 한 달 만에 앞차를 박은 경험이 있던 E는 몹시 예민해져 있었다. 몸을 운전대 앞으로 당긴 것으로 모자라 빗줄기에 가려 보이지 않는 차선을 확인하기 위해 목까지 길게 뺐다.

"네가 옆에 있어서 더 긴장돼."

나에게 눈길도 주지 않고 여전히 차 밖만 응시하던 E가 말했다.

"다른 여자를 만났어. 너와 헤어진 뒤에. 네가 나랑 헤어지고 2주 만에 다른 남자를 만났잖아. 그래서 나도 홧

김에 만났어. 그런데 만날수록 네 생각이 나는 거야. 견딜
수 없게. 더 이상 그 여자 얼굴을 볼 자신이 없어서 헤어졌
어. 나는 괜찮아. 네가 지금 만나는 사람이랑 헤어질 때까
지 기다릴게."

고개를 돌려 빗줄기 외엔 아무것도 보이지 않는 밖을
내다봤다. 내 무릎 위엔 E가 준 뒤늦은 생일선물이 놓여
있었다. 이런 건 진짜 꼬박꼬박 잘 챙겨. 그렇게 생각하면
서도 나는 큰 감흥이 없었다.

E는 감정이 풍부한 사람이었다. 연애할 때 그는 섬세했
다. 그런 모습이 좋았는데, 그런 점이 힘들기도 했다. E는
정서가 불안했다. 가족과의 갈등 때문에 힘들어 했다. 섬
세하고 다정했지만 예민해서 종종 다른 데서 받는 스트레
스를 나에게 풀었다. 무늬만 어른이었던 나는 그런 E를 품
어줄 만큼 성숙하지 못했다. 나는 변덕스러운 E의 감정보
다 그가 가지고 있는 불안이 더 무겁고 버거웠다.

몇 발자국 앞도 보이지 않을 만큼 세찬 비가 쉼 없이 쏟
아졌다. 장마가 시작됐다던 뉴스 보도가 생각났다. E는 긴
장했는지 입을 꾹 다문 채 수시로 브레이크를 밟았다.

할 말이 없었다. 남자친구 몰래 E를 만나러 나온 것을

후회했다. 내가 한국에 돌아온 것을 알고 한 번 만나고 싶다고 애원하는 E를 차마 거절하지 못했다. 얼굴도 보지 못하고 헤어진 것이 마음에 걸렸던 나는 알겠다고 했다. 빗소리라도 없었으면 불편한 정적이 흘렀을 것이라 생각하며 애써 다른 곳으로 시선을 돌렸다.

"내 말 듣고 있어?"

E가 고개를 휙 돌렸다. 와이퍼가 비를 쓸어내는 소리가 차 안에 울려 퍼졌다. 비가 떨어지는 속도는 와이퍼가 빗방울을 치우는 속도보다 훨씬 빨랐다.

새로운 남자친구를 만나게 된 것은 어쩌면 E 때문일지도 모른다. E와 헤어지고 울적했던 나는 지인과 새로 만나는 사람들이 합석한 자리에서 눈치도 없이 술을 몽땅 마셨다. 아무리 마셔도 취하는 것 같지 않았다. 나는 분명 취하지 않았는데 사람들이 나보고 취했다고 했다. 무리에 섞이지 못하는 낯설고 쓸쓸한 기분이 들어 고개를 푹 수그렸다. 과식한 탓인지 몸은 무겁고 눈물도 나오지 않았다. 그때 누군가 농담 섞인 말투로 말했다.

"어, 어. 내 차에 토하면 안 되는데?"

E가 아니었으면 술을 그렇게 마시지 않았을 테고, 그러면 울적한 와중에 농담을 듣고 킥킥거리지도 않았을 것이고, 그 농담을 던진 남자를 만나지 않았을 것이다. 나는 발끈해서 고개를 들어 운전석에 앉은 그 남자를 노려봤다. 술자리에선 말도 없고 조용해서 존재감이 없던 사람이었다.

"그 정도로 취하지 않았거든요!"

장맛비는 그칠 기미가 보이지 않았다. E는 막 걸음을 뗀 아이처럼 차를 몰고 천천히 앞으로 나아갔다. 새로 이사한 우리 집 앞 도로 한편에 비상등을 켜고 차를 댔다. 온종일 내릴 것 같았던 폭우는 어느새 그쳤다. 도시는 비에 흠뻑 젖어 축축했다. 차 문을 열고 내리자 습한 공기가 코를 찔렀다. 무슨 말이든 해야겠다고 생각했지만 입이 잘 떨어지지 않았다.

"지금 답하지 말고 생각해보고 얘기해줘."

E는 어떤 답을 기대하는 걸까. 비행기로 꼬박 하루가 넘게 걸리는 곳에 사는 남자친구와 내가 헤어지기를 바라는 걸까. 만약 그렇게 된다면 E는 아무 일도 없던 것처럼

내가 다시 자기와 연애를 할 수 있다고 믿는 걸까.

나는 고맙다고 말했다. 조심히 운전해서 가라는 말도 했다. 인사치레로 으레 하는 말이었다. 비가 그친 뒤, E와 나는 헤어졌고, 다시는 만나지 않았다.

E는 처음 교통사고를 냈던 날, 내게 "너 때문에 사고가 났어."라고 말했다. 나와 멀리 떨어져 있어서, 내 사랑이 식어가는 게 느껴져서, 보고 싶은데 나를 만날 수 없어서, E는 그 모든 게 나 때문이라고 했다. E는 그저 응석이 부리고 싶었는지도 모른다. 사랑하는 만큼 밉고 서운한 마음이 커졌을 수도 있다. 하지만 그날 나는 E를 더 이상 만날 수 없다고 확신했다.

사랑과 책임은 별개다. 사랑에 수반되는 책임은 사람의 그릇에 따라 달라진다. 나는 내가 소중했다. E의 삶에 깊게 관여해 육중한 삶의 무게를 함께 짊어지는 일이 내겐 벅찼다. E와 헤어진 이후에도 내 연애의 끝은 엉망진창이었다. 충분히 사랑할 만큼 사랑하고 그래서 미련이나 후회가 남지 않은 상태에서 헤어진 경험이 내게는 없다. 사랑과 사랑해서 느끼는 책임의 무게 사이에서 나는 늘 갈팡질

팡하다 이별했다.

문득 그런 내가 싫어서 몸서리칠 때가 있다. 그깟 연애의 무게조차 견디지 못해 다시 혼자가 되려는 내가 후지게 느껴진다.

비가 내린 뒤, 도시는 물에 잠겼다가 건져진 **빨래처럼** 축축하다. 공원 벤치에 앉으니 오래전 비가 그친 그날이 떠올랐다. 귀에 이어폰을 꽂고 이름도 모르는 바이올리니스트의 음악을 듣는다. 푸른 잎사귀들이 옹기종기 붙은 가지에서 물방울이 툭 하고 손등 위로 떨어진다. 고개를 젖혀 머리 위로 드리워진 가지를 올려다봤다. 눈을 감았다. 젖은 공기가 가슴 안쪽까지 깊이 후비고 들어왔다.

오늘도 비가 그쳤다.

어떤 냄새

나는 그에게서 나는
그 향을 좋아했다.

"너에게서 좋은 냄새가 나."

아침 일찍 뿌린 향이 해질녘까지 남아 있을 리 없다고
생각했다. 가끔 그런 향이 있다. 내 몸에 달라붙어서 떨어
질 줄 모르는 향. 그래도 향수를 뿌린 지 10시간도 훨씬 지
났는데 아직 남아 있다니. 서쪽으로 기울어지는 햇빛이 목
덜미를 스치고 가는 오후, 홍대로 향하는 낮은 오르막을
걷는 중이었다. 반걸음 뒤에서 걷던 친구가 그렇게 말했고,
나는 손목을 들어 코를 갖다 대고 냄새를 맡았다. 아주 오
랜만에 쓴 향수였다.

처음엔 향수를 쓸 줄 몰랐다. 어릴 땐 냄새를 이해할

줄 몰랐고 향을 즐길 줄 몰랐다. 엄마는 바람이 숲을 가로지를 때 풍기는 은은한 냄새를 좋아했다. 그래서 우리 집 창문은 겨울에도 활짝 열려 있었다. 바람의 냄새를 집 안에 들이기 위해서다. 엄마는 선물 받은 향수를 쓰지 않았다. 향수는 인공적인 냄새고 건강에 좋지 않다고 했다. 그런 엄마를 보고 자란 나도 향수를 꺼렸다. 엄마가 향수에 보이는 반응을 보고 배운 감정이었다.

향수에 대한 부정적인 감정을 습득하기 전에, 호기심이 많은 초등학생이던 나는 가끔 엄마의 화장대를 몰래 뒤져 향수를 뿌렸다. 엄마의 관심 밖으로 밀려나 먼지가 내려앉은 향수를 꺼내 얼굴 위로 샤워하듯 뿌렸다. 콜록콜록 잔기침이 나왔지만 그런 것은 아무래도 상관없었다. 왠지 어른이 된 기분이 들어 어깨가 으쓱해졌다.

친구가 좋다고 했던 냄새는 페루로 교환학생을 갔을 때 선물로 받은 향수의 향이었다. 그때 만난 아홉 살 연상의 남자친구가 생일선물로 사준 향수였다. 남미에서 태어나 평생을 살아온 남자친구는 향수를 옷처럼 입었다. 여러 향수를 두고 때와 장소에 맞는 옷을 골라 입는 것처럼 다

양한 향수를 골라서 썼다. 그런 모습이 나에게는 다소 생
경했는데 평소 인위적인 향이라면 기겁하던 내가 향수 선
물을 순순히 받아들인 이유는 따로 있었다.

그와 처음 포옹했을 때 품에서 나던 시원한 냄새 때문
이었다. 페루의 오렌지색 밤과 잘 어울리는 향이었다.

오후 10시 남짓한 시각, 오렌지색 조명과 어둠이 교차하
는 리마의 밤은 고요했다. 어색해서 그런지 두근거려서 그
런지 심장이 물고기처럼 펄떡펄떡 뛰었다. 턱끝을 기댄 그
의 어깨 너머로 눈길을 돌렸다. 가로수의 그림자가 드리운
곳에선 젊은 페루인 커플이 서로의 몸을 끌어안고 시시덕
댔다. 그들 커플과 눈이 마주치자 민망해진 나는 남자친구
의 어깨에 얼굴을 파묻었다. 그 순간 그의 니트에서 은은
하게 풍기는 냄새가 포근하게 느껴졌다. 파도를 타는 서퍼
의 모습이 떠올랐고, 연이어 야구모자를 쓴 캐주얼한 남성
의 모습이 떠올랐다. 시원하지만 가볍지 않은 무게감. 그
냄새가, 그 향이 좋았다.

나는 그에게서 나는 그 향을 좋아했다. 만날 때마다 손
목을 끌어당겨 냄새를 맡았다. 향을 좋아한 건지 사람을
좋아한 건지 헷갈릴 정도였다. 그 냄새는 편안하게 쉴 수

있는 안정감을 줬다. 깊은 우울과 불안은 그 냄새를 맡은 이후로 천천히 사라져갔다.

한겨울에 맞은 낯선 곳에서의 생일. 한국에서 내 생일은 여름의 초입에 있었다. 남자친구는 생일선물로 향수를 사주고 싶다고 했다. 페루의 겨울은 한국의 겨울만큼 춥지 않았다. 한낮은 따뜻했다가도 아침저녁으로는 쌀쌀한 바람이 소매를 기웃댔다. 무심하게 남자친구를 따라가서 집어든 향수는 아주 연한 연둣빛을 띠었다. 시향을 해보니 태평양을 직접 맞댄 리마의 긴 해변으로 몰아치는 파도가 떠올랐다. 사막 도시 리마를 내리쬐는 햇빛과 끈적끈적한 습도에 부서지지 않고 잘 어우러지는 향이었다. 나는 그때 직관적으로 이 향수가 페루에서의 모든 기억을 담는 매개체가 될 것임을 알았다.

어떤 냄새는 기억을 가둔다.

스물세 살의 반짝이는 기억엔 이 냄새가 있다. 병에서 흘러나오는 향에서는 옆구리를 간지럽히는 웃음소리가 들린다. 그때의 남자친구와는 2년여 뒤에 완전히 헤어졌다. 평생 간직할 것 같았던 세세한 기억은 흐릿하게 지워지고 있다. 요즘은 얼굴마저 선명하게 떠오르지 않는데, 뚜껑을 열고 공중에 향을 분사하면 잊고 있던 장면들이 불쑥불쑥 기억을 헤집고 나온다.

이별하고도 계절이 몇 번 바뀐 이후였다. 모처럼 한국을 찾은, 옛 남자친구가 된 그 사람을 만났다. 대화가 자꾸 끊겼다. 헤어지고 나니 더 나눌 얘기가 없었다. 살아온 환경도 달랐고 앞으로 살아갈 환경은 더욱 다르다. 공통의 취향도 없었다.

한창 연애할 때는 매일 2시간씩 통화도 했었는데, 대화가 잘 이어지지 않을 만큼 변해버린 관계에 나는 쓸쓸한 기분이 들었다. 그와 나는 뒤늦게나마 서로의 물건을 돌려주게 되었다. 쇼핑백에 담긴 내 물건을 살펴보니 낯선 물건이 끼어 있었다.

"이게 뭐야?"

내가 한때 좋아하고 그리워했던 그 사람의 냄새가 담긴 투명한 병. 페루의 오렌지색 밤을 떠올리게 하는 그 냄새. 향수는 그때 이후로 더 쓰지 않은 듯 양이 줄지 않았고, 오래전에 봤던 그대로였다.

"왜 줘, 이런 걸. 쓰지도 못하는데…."

나도 모르게 원망 섞인 목소리가 튀어나왔다. 짧은 필름이 머릿속을 스쳐지나갔다. 가슴 언저리가 날카로운 것에 찔린 듯 쿡쿡 쑤셨다. 괜히 속이 울렁거리고 아파 눈물이 핑 돌았다. 따뜻하고 즐거웠던 기억은 시간이 흐를수록 점점 흐려질 게 뻔했다. 그리고 아주 먼 훗날엔 어떤 감정도 남지 않겠지.

뜨거웠던 시절은 기억할 수 있어도 뜨거웠던 순간의 감정은 냄새처럼 날아갈 터였다. 서러워졌다. 헤어진다는 것은 단지 사랑했던 사람과의 이별이 아니다. 그 나이의 나, 사랑을 느꼈던 감정, 함께 걸었던 모든 길, 그리고 이십대 그 시절 자체와의 영원한 헤어짐이다.

얼떨결에 받은 향수를 집으로 가져왔다. 차마 버리지 못해서 지금도 가지고 있는 그 향수 옆에 다른 연두색 향수가 놓여 있다. 나란히 놓인 그 시절의 기억들. 향에도 유통기한이 있다. 유통기한이 지나면 향은 변질된다. 병과 병에 담긴 액체는 그대로일지 몰라도 처음 그대로의 냄새는 날아가고 없어진다. 향은 기억처럼 조금씩 사라진다. 향이 불현듯 나를 그 시절 한복판으로 데려가지 않을 때까지 나는 향수병을 간직하기로 했다.

어떤 냄새는 밀봉된 기억을 풀어놓는다.

지금 연둣빛 액체 향수는 새 향수에 밀려났다. 늘어난 향수병만큼 시간이 흘렀다. 오랜만에 옛 향수를 뿌렸다. 살짝 변한 건지 전에는 나지 않던 알코올 냄새가 코끝을 찔렀다. 향수가 상했네. 오후 5시의 농염한 햇빛이 눈썹 위로 떨어졌다. 리마의 오렌지색 밤이 눈앞에 겹쳐졌다.

헤프게 살고 싶다

헤프게 사랑했던 경험은
긴 겨울을 보내는
땔감으로 쓰이고 있다.

헤프게 사랑하던 때로 돌아가고 싶다. 문이 없는 거대한
벽에 둘러싸여 한껏 웅크린 지금. 금방 사랑에 빠졌던, 단
점보다 장점이 먼저 보였던, 눈을 비비던 손가락 움직임 한
번에도 심장이 덜컹 내려앉던, 사랑은 헤프게 줘야 후하게
돌려받는 거라고 확신에 가득 찼던 그때로 갈 수만 있다
면. 그때로 갈 수만 있다면.

손가락을 접어 셈을 하지 않고 분홍빛 물이 가득 찬 수
조에 풍덩 다이빙하던 그때로. 헝겊으로 닦아주지 않아도
윤이 나는 구두처럼 빛나던 마음을 간직하던 그때로. 팔
도, 다리도, 각막도, 목소리도 다 내어줄 거라고 굳게 결심

애
프
터
레
인

했던 그때로.

매일 보면서도 돌아서면 또 그리웠던, 배터리가 닳아 충전기에 꽂은 채 뜨거워진 휴대전화를 군고구마처럼 후후 불며 통화하던, 바쁘다는 사람에게 일해도 좋으니 옆에만 있게 해달라고 조르고 막상 만나면 나 좀 보라고 칭얼거리던, 잠이 쏟아져 하품을 하면서도 헤어지기 싫어 같은 길을 수차례 돌고 돌던 그때로.

오스카 와일드의 동화 『거인의 정원』에는 혼자서 봄을 누리려고 정원에 놀러온 아이들을 쫓아낸 뒤 높은 담을 쌓은 거인이 등장한다. 거인은 담을 쌓으면 자신의 정원에 찾아온 봄을 독차지할 수 있을 것이라고 믿었다. 그러나 아이들의 발길이 끊긴 정원에는 겨울바람이 계속 분다. 거인은 외롭고 추운 겨울 정원에 홀로 남아 후회한다.

가끔 너무 많은 말들이 마음에 켜켜이 쌓여 숨 쉬기가 벅찰 때 동화책을 읽는다. 간결한 문장을 그림과 함께 읽으면 어릴 때 단순하게 받아들였던 동화의 내용이 굉장히 다르게 다가온다. 어릴 때는 『거인의 정원』의 욕심 많은 거인을 보며 '이기적으로 행동하면 안 되겠네.'라고 생각했다.

그런데 어른이 되어 다시 보니 거인의 잘못을 따지기보다 홀로 남은 거인이 느꼈을 외로움에 마음이 기운다. 거인이 쌓은 높고 견고한 담장이 마치 내가 타인과의 관계 사이에 설치한 거대한 해자처럼 느껴진다.

거인은 긴 시간 동안 자신이 만든 담장에 둘러싸인 정원에서 혹독한 겨울을 보낸다. 담장은 오랜 시간이 흐른 뒤 낡아서 허물어지는데, 그때 한 아이가 거인의 허락도 없이 몰래 정원에 들어온다. 그리고 거인의 정원에는 다시 봄이 찾아온다.

이 동화에서 교훈을 얻을 정도로 내가 똑똑했다면 스스로의 힘으로 해자에 다리를 놓았을 것이다. 하지만 나는 어리석게도 거인처럼 홀로 긴 겨울을 보낼 때가 많았다. 춥고 외로워서 봄이 오기를 간절히 바라면서도 내 손으로 벽을 허물고 봄을 맞을 용기는 없었다. 나는 지쳐 있다.

이런저런 수고가 헛일이 되면 사람은 지친다. 잠을 아무리 오래 자도 피로가 풀리지 않고, 밥을 아무리 많이 먹어도 기운이 나지 않는다. 마음의 문제라서 그렇다. 그래서 나는 언젠가 벽이 허물어지고 틈이 생기면 허락도 없이 들어와 내게 봄을 안겨줄 누군가를 기다리고 있다. 얼마나 걸릴지는 모르겠지만.

헤프게 사랑했던 적이라도 있어서 다행이다. 얼마나 헤 펐냐 하면 나에게 따뜻한 말 한마디 할 줄 아는 사람이면 누구든 좋아했다. 넘치는 사랑은 큰 독 안에 머리를 숙이 고 바가지로 아무리 길어 올려도 닳아지지가 않았다. 헤 프게 사랑했던 경험은 긴 겨울을 보내는 땔감으로 쓰이고 있다.

헤프게 살고 싶다. 아끼지 않고 진심을, 마음을, 뜨겁고 단단한 사랑을 퍼주고 싶다. 독을 가득 채우고도 흘러 넘 쳐 낯선 이의 발치에 닿을 때까지 헤프게 쓸 수 있는 사랑 을 품고 싶다. 그런 때가 올 때까지 땔감에 불을 지펴 언제 끝날지 모를 겨울을 잘 버텨야지. 아, 벌써부터 시리다. 이 도, 무릎도, 갈비뼈도, 온몸이 다 시리다.

키스의 재발견

좋은 스킨십이 주는 행복은
딱 그 순간뿐이었다.

손바닥의 온기가 내 어깨에 전해진다. 어깨를 붙잡은 손은 뜨겁고 살짝 떠는 것 같기도 하다. 몽글몽글한 구름이 주위를 맴돈다. 어디선가 솜사탕을 만들 때의 달달한 냄새가 난다. 이건 분명 꿈이야. 그렇지 않고선 심장이 고장 난 알람시계처럼 쉴 새 없이 진동할 리가 없어. 상대가 시선을 낮추고 나에게 점점 다가온다. 어깨에 얹은 손이 내려와 조심스럽게 내 볼을 감싼다.

첫 느낌은 부드럽다. 입술이 원래 이렇게 부드럽고 말랑했던가. 나도 떨려서 죽겠는데 상대도 떨기는 마찬가지다. 서로의 입술을 부딪치다 천천히 고개를 돌리고 혀끝으로 애무를 한다. 시계 초침마저 천천히 움직이는 순간. 치아에 닿는 감촉이 기분 나쁘지 않다. 혀를 감으면 어디에선가 은은하고 달콤한 향이 퍼진다. 찰나지만 모든 게 자연스럽다.

"혹시 아까 사탕 드셨어요?"

한심한 질문이었다. 곧바로 후회했다. 표정에 드러났을까. 상대가 웃었다. 몇 번째 남자인지 기억도 나지 않는다. 이름은 당연히 모르고 얼굴은 잊은 지 오래다. 밤 12시가 지나면 연기처럼 사라질 인연. 휴가가 끝나면 다시는 보지 않을 사이. 특이했던 직업만 기억난다. 파일럿.

섹스보다 키스가 더 어려웠다. 정말 사랑해도 키스는 하고 싶지 않은 그런 사람도 있었다. 그래서인지 그날의 경험은 특별했다. 키스를 하자마자 기분 좋은 찌릿함이 전해졌다. 상대도 나도 깜짝 놀라서 한 발 물러서서 서로의 눈을 쳐다봤다. 웃음이 났다. 다시 입을 맞췄다. 그날의 키스는 이전까지 키스가 어땠는지 기억나지 않을 정도로 달콤하고 황홀했다.

하룻밤 키스로 인해 일어난 변화는 컸다. 나는 그날 이후 누군가로 인해 설렐 때면 얼굴이 가려진 상대와 부드럽고 달콤한 키스를 나누는 꿈을 꿨다. 나는 꿈속에서 상대의 온기 탓인지 나의 온기 탓인지 손바닥에 땀이 나고 몸이 후끈해졌다. 얼굴이 시뻘겋게 달아오른 것 같았다.

정작 그 사람은 기억에 없다. 매너가 좋은 사람은 아니었다(나 또한 그런 말할 처지는 아니지만). 하지만 사람이 사라진 뒤에 남은 선명하고 오롯한 감정의 형체는 마치 첫사랑처럼 내 몸에 오래 각인되었다.

스킨십이 좋거나 싫은 기준은 명확하지 않다. 사랑하는 사이더라도 어떤 때는 스킨십이 폭력적으로 느껴진다. 그날의 컨디션, 관계의 불협화음, 주변의 공기에 따라 평소와 같은 수준의 스킨십도 역겹게 느껴질 때가 있다. 반면 그다지 애정이 깊은 사이가 아닌데 스킨십을 할 때 전해지는 느낌이 좋아서 그 사람과의 관계가 긍정적으로 변하는 경우도 있다. 왜 그런지는 나도 모르겠다.

스킨십은 신뢰로 쌓아올린 언덕을 넘지 못한다. 좋은 스킨십은 그저 좋은 스킨십일 뿐이다. 냉정하게 말해서 관계와는 별개다. 전에는 성격이나 가치관 때문에 자주 갈등을 겪어도 서로의 손길이 좋으면 사랑하는 관계를 유지할 수 있다고 믿었다. 하지만 그런 관계는 결코 오래가지 않았다. 좋은 스킨십이 주는 행복은 딱 그 순간뿐이었다. 그 이상의 만족을 주지 않았다. 그러나 품행과 성격, 가치관이 주는 신뢰와 그로 인해 돈독해진 관계는 몸에 밴 습관과 같아서 느닷없이 튀어나오더라도 일상에서 행복을 줬다.

그 사람의 매너는 별로였지만 그날의 키스는 뜻하지 않은 선물이었다. 섹스보다 부드럽고 입맞춤보다 그윽한…. 도대체 키스는 뭘까. 여전히 키스는, 키스라는 행위는 내게 미지의 세계다.

미안해,
실수로
널 쏟았어

실수로 쏟은 건
너라고 생각했는데

비 오지 않는 토요일이어야 했다

비 오는 토요일 오후,
도시는 한 치 앞까지
깜깜해졌다.

실수로 쏟은 건 너라고 생각했는데

서울 상공에 엷은 구름이 드리웠다. 분홍색 구름이 그려진 잠옷에 카키색 패딩을 걸치고 회색 목도리를 둘렀다. 문밖으로 나와서야 안에선 잘 들리지 않던 빗소리를 들을 수 있었다. 떨어지는 빗방울에 손바닥을 내밀었다. 차에 정리할 물건이 있다며 먼저 나온 동거인이 트렁크에서 긴 우산을 꺼내 내게 건넸다. 빠른 속도로 짙어지는 구름 아래를 걸으며, 나는 지금 걷고 있는 길이 서울시 영등포구가 아니라 내 마음속일지 모른다고 생각했다.

비 오지 않는 토요일이어야 했다.

한 주간 휘몰아친 노동의 여독을 풀기 위해선 적어도 오늘만큼은 햇빛 쨍쨍한 맑은 날이어야 했다. 동거인은 도시를 에워싼 무겁고 불투명한 구름, 그리고 얇은 바늘처럼 도시를 찌르고 달아나는 번개를 바라보며 여행을 미루길 잘했다고 중얼거렸다.

나는 이유 없이 배가 아팠다. 천둥은 계속 그르렁거렸고 널따란 유리창은 소리의 파동을 따라 같이 울었다. 식은 커피를 전자레인지에 넣고 30초 돌렸다. 양손으로 적당히 따뜻해진 머그컵을 감싼 채 빗방울이 매달린 창 앞에 섰다. 하염없이 바라봤지만 실은 아무것도 보지 않았다. 한낮의 빛을 집어삼킨 짙푸른 어둠이 사방에 깔려 있었다. 앰뷸런스 사이렌 소리가 가까워졌다 멀어졌다.

아주 짧은 찰나, 우울과 슬픔이 목울대까지 차올랐다 가라앉았다. 만나본 적 없는 남자의 뜨거운 손길이 서늘한 목덜미를 스치고 간 듯했다. 그윽한 외로움이 피부에서부터 느껴졌다. 밖에서 안으로 서서히 나를 갉아먹는 찐득한 외로움이었다.

사람에 치여서 힘들었다. 구름처럼 떠도는 소문이 나를

감쌌다가 흩어졌다. 나는 장막 뒤에서 들려오는 목소리에 매번 응답하다가 점점 지쳤다. 구름은 손에 잡히지 않는다는 사실을 뒤늦게 알았다. 구름에 둘러싸인 나는 점점 혼자가 되었다. 혼자 있어도 마음 안에 수시로 짙은 먹구름이 드리웠다. 생각이 많아져 쉽게 잠들 수 없었다. 그렇게 스스로를 집에 가뒀다.

마음을 들여다보는 일은 어렵다. 내 안에 있는 것인데도 마음이 온전히 내 것인지는 의심스럽다. 그럴 때면 나는 좋아하는 것과 싫어하는 것, 좋아하지 않는 것과 싫어하지 않는 것의 목록을 정리한다. 필사적으로 매일 조금씩 변하는 나와 그 와중에도 변하지 않는 나를 살핀다.

그리고 나는 스스로 어떤 사람인지 선언하기보다, 자신에 대한 물음을 타인에게 구하기보다, 자신을 스스럼없이 보여주는 사람에게서 아늑하고 따뜻한 감정을 느낀다. 포장하지 않은 자신을 담백하게 드러낼 수 있는 사람에게서 맑은 아름다움을 느낀다.

비 오는 토요일 오후, 도시는 한 치 앞까지 깜깜해졌다. 나는 짙푸른 어둠에 갇혔다. 시야는 점점 좁아져 손을 뻗

실수로 쏟은 건 너라고 생각했는데

어 닿는 거리에 누가 있는지도 알 길이 없다. 차라리 눈을 감는다. 내 숨에 의존해 타인의 숨소리를 엿듣는다. 숨 사이로 배어나온 타인의 삶의 태도가 내게 전해질 때까지 나는 침묵하고 경계하기로 한다. 적어도 오늘은 비 오지 않는 토요일이어야 했다.

오해는 이별하는 날 풀렸다

좋은 이별을 위한
완벽한 의식은 없다.

특별한 사람은 아니었다. 만났던 이들 중 제일 사랑한 사람도 아니었다. 하지만 그와의 이별은 일부러 몸에 상처를 내는 일처럼 고통스러웠다.

2년이 훌쩍 지난 지금도 헤어지던 날의 기온과 습도가 생생하다. 따뜻한 5월이었고 봄 냄새가 거리마다 풍기는 휴일 어느 날이었다. 그 사람과 나는 버스 안에서 서로 다른 곳을 바라봤다. 그는 휴대전화를 만지작거렸고 나는 창문 밖으로 보이는 창덕궁을 봤다.

안국역에서 내려 말없이 서로의 보폭을 맞추며 삼청동 길을 걸었다. 어색한 침묵이 둘 사이의 어정쩡한 거리만큼 맴돌았다. 나는 그에게 드라이플라워를 사달라고 했다. 특별한 날도 아닌 어느 날 꽃다발을 들고 온 그에게서 충만한 사랑을 느꼈던 기억이 떠올라서였다. 그는 파란색 페인트를 입힌 손바닥 크기의 안개꽃을 사서 내게 내밀었다.

어색한 기운이 가시고, 그와 나는 손을 잡고 걸었다. 그날 새벽에 이별 통보를 받은 사람은 나여서 나는 몇 걸음 걷다가 울기를 반복했다. 좀체 말이 없던 그는 복잡하고 측은한 눈으로 눈가가 벌게지도록 눈물을 닦는 내 얼굴을 바라봤다.

그날은 날이 너무 좋아서 사람들의 웃음소리가 거리 곳곳에서 들렸다. 우리는 걷다가 삼청동에서 북촌 방향으로 향하는 길목에 있는 큰 베이커리 카페로 들어갔다. 그곳도 붐비긴 마찬가지였다. 인도 쪽을 향해 있는 바에 자리를 잡았다.

탈진할 것처럼 울었던 터라 더는 눈물이 나오지 않을 줄 알았는데, 그 사람이 첫마디를 꺼내자마자 다시 서러움이 밀려들었다. 그날의 만남은 이별을 받아들이고 잘 헤어지기 위한 자리였다. 우리는 정작 연애할 때는 자존심 때문에 하지 못했던 대화를 그때서야 나눴다.

나는 그 사람을 좋아했지만 그가 보여주는 감정에 확신이 들지 않아 늘 불안했다. 나보다 더 내향적이고 무뚝뚝한 그의 표현 방식이 마음에 들지 않았다. 그런 불만 때문에 나는 엇나가는 방법으로 사랑을 확인하며 확신을 얻으려고 했다. 일부러 연락을 받지 않거나 사랑을 더 표현해 달라고 재촉했다.

그와 나는 같은 꿈을 꾸는 비슷한 처지였는데 그도 나도 힘들기는 마찬가지였다. 그 사람은 업계에서 인지도가 높고 규모가 큰 회사에서 인턴을 하고 있었다. 같은 꿈이었지만 그에겐 좀 더 선명해 보였고 나에겐 아득히 멀게만 느껴졌다. 그에게 내색하지 않았지만 나는 큰 수술을 마치고 겨우 회복한 엄마와 풀리지 않는 취업 문제로 큰 스트레스를 겪고 있었다. 그를 지켜보면서 미래에 대한 불안이 커졌고, 그에게 말할 수 없는 것들이 점점 늘었다. 나는 홀로 우울의 늪에 빠졌다.

서로 솔직할 수 없는 관계는 결국 멀어질 수밖에 없다. 그걸 알기에 그 사람을 붙잡을 수 없었다. 나를 둘러싼 우울하고 불운한 기운이 그에게도 전해질 것 같았다. 실제로 나는 그와 헤어진 후에도 오랫동안 엄마의 재수술과 치료 경과를 지켜보며 진전 없는 구직 활동에 허우적거렸다.

　좋은 이별을 위한 완벽한 의식은 없다.

　우리는 햇빛을 쬐면서 보다 차분하게 이야기를 나누는 것으로 마침표를 찍었다. 나는 말없이 하루 종일 잠적했던 어느 날을 떠올렸다. 그리고 헤어지는 마당에 "그날 왜 찾아오지 않았어?"라고 물었다.

　"그날 너희 집 앞에 갔었어. 네가 없어서 한참 기다리다가 돌아갔어."

　이별하자고 만난 자리에서야 그날의 오해가 풀렸다. 어리석었던 그때의 나는 바쁜 남자친구에게 애정을 확인받고자 화를 냈다. 전화기를 꺼놓고는 온종일 그가 바쁜 시간을 쪼개 나를 찾아와주기만 기다렸다. 그러다 지루해져 동네 목욕탕에 다녀왔는데, 하루 24시간 중 딱 2시간 자리를 비운 사이에 그가 다녀간 것이다.

　어처구니가 없어서 웃음이 나왔다. 주어진 운명을 믿지는 않지만 연애 기간 동안 연이은 엇갈림이 반복되었기 때문에 우리가 헤어지도록 모든 상황이 설계된 것이 아닌가

하는 의심이 들었다. 나는 "다음에 만나는 여자친구와는 많이 대화하길 바랄게."라는 당부로 애써 묵은 감정을 털어냈다.

영화처럼 아름답고 근사한 이별은 아니었다. 머리로 하는 이별이라 더욱 어렵고 힘들었다. 미련이 남지 않을 만큼 연애를 질질 끌었다면 헤어지는 일이 그토록 어렵지 않았을 터였다. 이별을 위한 마지막 데이트에 우리는 모텔에 들렀다. 예정에 없던 저녁을 같이 먹고도 바로 헤어지지 못했다. 그렇게 서로를 붙들고 시간을 끌었다.

결국 헤어지는 날 처음으로 그의 집에 갔다. 불도 켜지 않은 응접실에서 우리는 한참 동안 포옹했다. 붙잡는 그의 손길을 거절하고 집으로 돌아왔다. 더 머뭇거리면 손을 놓기 힘들 것 같았다. 그날 집으로 돌아오던 길에 지하철은 왜 그렇게 느리던지. 어느새 진 하루의 해가, 훌쩍 보낸 시간이 거짓말처럼 느껴졌다.

불행히도 내 이별의식은 그날이 마지막이 아니었다. 관계 중 찢어진 콘돔 때문에 다음 날 나는 옆 동네에 있는 산부인과까지 찾아가 사후피임약을 처방받아야 했다. 왜 이런 몫은 여성인 나 혼자 짊어져야 하는지 목구멍까지 분노가 솟구쳤다. 마음속으로 그에게 유치하고 황당무계한 저주를 퍼부었다. 알약을 꿀꺽 삼키고 나서야 비로소 관계가 끝났다는 실감이 났다.

다양한 사람을 만났다. 정의할 수 없는 관계를 지속한 경우도 있었다. 하지만 내 삶에 변곡점을 만든 인연은 딱 둘이었다. 첫사랑과 이 사람. 사랑과 이별을 경험하며 성숙한 어른의 태도를 배웠다. 그리고 오해를 통해 또 하나를 배운다. 끊임없이 대화하고 이해하려 노력하지 않으면 그 어떤 사랑도 물거품이 될 수 있다는 것을.

퇴사 이유를 묻는 사람들

아무도 내가 진짜
회사를 그만둔 이유를
궁금해하지 않는다.

언론사에 다시 들어가기 위해 이력서를 쓰고 있을 때였다. 직장 경험이 없는 사람들은 몇 달의 경험이라도 있는 나를 부러워했다. 나도 예전엔 그랬다. 그런데 막상 이런 처지가 되니 다른 걱정이 생겼다. 내가 또 그만둘 거라고 생각해 회사가 나를 뽑지 않는다면, 신입다운 발랄함이 없다고 여겨 나를 거부하면 어떡하나. 실제로 면접에서 십중팔구 나오는 질문이 "왜 회사를 그만두셨나요?"였다. 그러면 나는 뭐라고 답해야 할까.

사실 내가 퇴사한 진짜 이유를 깨달을 때까지 시간이 좀 걸렸다. 계획적인 퇴사가 아니었기 때문이다. 나는 퇴

실수로 좋은 건 너라고 생각했는데

사 이후에도 공허한 마음으로 회사를 떠나야만 했던 이유를 내 안에서 찾아 헤맸다. 그사이 면접에서 간략하게 답변할 무난한 변명을 준비했다. 면접장에서 퇴사 이유를 묻는 사람들은 사실 진짜 퇴사한 이유에 대해서는 관심이 없다. 그저 상대가 어떻게 대답할지 궁금한 것뿐이다. 그 대답으로 나라는 사람의 성격을 들여다보기 위해서다. 사석에서 퇴사 이유를 묻는 사람들 또한 진짜 이유에 관심이 없다. 그저 호기심으로 한 질문이기 때문이다.

아무도 내가 진짜 회사를 그만둔 이유를 궁금해하지 않는다. 다들 적당한 선에서 대충 추측할 따름이다. 월급이 적었다든가, 인내심이 부족했다든가, 회사 생활에 적응하지 못했을 거라든가, 못된 상사가 있었을지도 모른다든가. 그러고 마는 이유는 뻔하다. 그들은 나라는 사람에게 애정이 없다. 애정이 있으면 그 사람의 삶을 들여다보고 싶은 마음이 자연스럽게 생긴다. 애정이 없는 사람에게 향하는 질문은 피상적일 수밖에 없다. 돌아오는 답변의 진위 여부가 궁금하지 않은 것도 같은 맥락이다.

그렇다면 굳이 진실을 밝힐 필요가 없는 이 상황에서

나는 왜 진짜 퇴사한 이유를 찾고 싶어 하는 걸까. 6개월이 넘는 기간 동안 '왜 나는 회사를 그만뒀지?' 끊임없이 질문을 던졌을까. 나는 서른이 되도록 다 알지 못했던 스스로의 밑바닥을 들여다보고 싶었다. 잘 안다고 생각했는데 그러지 못한 자신을 이해하고 싶었다. 아무도 궁금해하지 않고 누구도 이해하려고 하지 않아도 나 자신만큼은 스스로를 모른 척하고 싶지 않았다.

나는 2013년 8월에 대학을 졸업하고 2017년 1월에 지역 일간지에 입사하기까지 꼬박 3년 6개월을 기자라는 직업을 꿈꾸며 버텼다. 딴에는 정말 노력했는데 눈에 보이는 결과는 계속 낙방이었다. 어렵게 시작한 만큼 기자라는 업에 대한 기대가 컸다. 욕심도 많았다. 누가 알아주지 않아도 나는 내 기사에 한 문장이라도 차별화된 정보와 관점을 담으려고 애썼다. 나만의 취재 방법을 만들어가며 기사를 쓰는 일에도 보람을 느꼈다.

사회부에 계속 있고 싶었다. 사회부만큼 다양한 사람들의 이야기를 기사로 쓸 수 있는 곳도 없으니까. 하지만 사회부에 가고 싶은 기자들은 많은 반면에 인원은 한정되어 있었다. 나는 인사발령 전까지 적어도 내가 사회부에 갈 수 없는 장애물이 될 만한 요인은 다 치우고 싶었다. 청바지에 주먹 하나가 들어갈 정도로 살이 빠지고 힘들었지만 수습기간 동안 나는 시간을 쪼개 운전연수를 받고 차를 뽑았다.

수습기간이 끝나고 인사발령 전까지 사회부에서 잠시 근무할 땐 쉬는 날에도 기삿거리를 찾아다녔다. 나는 정말 미련이 남지 않을 만큼 최선을 다했다. 그러면 누군가는 알아줄 거라고 생각했다. '이 친구가 사회부에 정말 남고 싶구나!' 하고 생각해줄 거라 믿었다. 너무 순진했다.

인사발령이 발표된 날을 또렷하게 기억한다. 그날은 사회부의 마지막 회식일이기도 했다. 2017년은 역동적인 해였다. 전국적인 촛불집회, 유례없는 대통령 탄핵, 조기 대선이 있었다. 바다에 가라앉은 세월호를 1,091일 만에 뭍으로 끌어올린 해였고, 9년간 외면받은 민주화운동 기념식에 대통령이 참석해 감동적인 연설을 한 해였다. 기자로서 첫발을 뗀 그해에 사회부 선배들과 함께 일하며 정이 많이 들었다. 같은 방향을 바라보며 고민한다는 것이 얼마나 뜨겁고 무거운 것인지 느낄 수 있었던 시간이었다.

그날따라 술이 빨리 취했다. 살짝 멜랑꼴리한 기분이 썩 나쁘지 않았다. 그런데 회식이 끝나고 집으로 돌아가던 도중에 나는 갑자기 쏟아지는 눈물을 감출 수가 없었다. 그런 나를 보고 선배가 옆에 있던 동기에게 내가 우는 이유를 물었다. 나는 못 들은 척했다. 주사가 우는 거라고 생각하겠거니 착각하도록 내버려두었다. 나는 그날 새로운 부서로 인사발령이 났고, 사회부에는 남지 못했다.

새로 발령된 부서는 전남기획특집부였다. 전남 22개 시군구의 사회 뉴스를 맡아 제2의 사회부로도 불리는 곳이었다. 이름은 똑같이 사회부였는데 분위기는 달랐다. 적은 인원으로 많은 기사를 써야 했다. 자연스레 보도자료에 의존하는 기사가 많았다.

나는 전남 서부권 지역 일부와 의료 쪽을 담당했다. 이전 지면을 보니 홍보 기사 및 생활 정보가 많았다. 주요한 사회적 의제는 다 사회부로 넘어갔다. 누군가는 이 부서를 두고 기자로서의 보람을 느끼기 어려워 기자들이 가기 싫어하는 부서라고 했고, 누군가는 바쁘게 고생한 기자들이 쉬어가는 부서라고도 했다.

'내가 뭘 잘못했을까?'

그때부터 우울한 나날이 시작되었다. 이런 고민을 주변에 털어놓자 지인들이 부서를 옮겨달라고 회사에 요청해보라 했다. 자기네 언론사에서는 요청에 따라 부서 이동이 가능하다는 것이다. 그런데 그럴 수 없었다. 25명밖에 되지 않는 편집국에서 내가 이 자리를 떠나면 다른 누군가가 아무도 오기 싫어하는 이 자리에 와야 했다.

나는 할 수 있는 범위 안에서 변화를 시도했다. 손발톱 깎을 때나 쓰이는 신문을 만들 생각은 추호도 없었다. 늘 대충 보고 지나치던 지면에 '오늘은 재밌는 기사가 실렸네!'라고 느낄 만한 기사를 쓰겠다고 다짐했다. 나름대로 독자들이 흥미를 느낄 만한 아이템을 추려 기사를 썼다. 주목받지 않는 부서에서 심지어 같은 기자들도 크게 챙겨 보지 않는 지면에 나만의 색깔을 묻히려고 애썼다. 헛되이 시간을 보내지 않겠다는 마음이었다.

처음부터 회사를 그만둘 생각은 없었다. 우연히 기자의 길에 접어든 동기들과 달리 나는 3년이 넘는 시간을 매달려왔다. 기자로서 취재하고 기사를 쓰는 하루하루가 소중했다. 하지만 일을 하면 할수록 우리 부서에는 더 많은 일이 쏟아졌다. 시간이 갈수록 구조적으로 충분히 취재하고 기사를 쓸 수 없는 환경이 만들어졌다. 부실한 취재는 형편없는 기사로 이어졌다. 자괴감이 들었다. 지면 맨 위에 실리는 톱기사만이라도 재미있게 쓰고 싶었는데 점점 그럴 수 없었다.

쉬는 날이었다. 나는 카페에 나와서 다음 주에 쓸 기사 아이템을 찾고 있었다. 2017년 광주 지역 언론사에 입사한 타 회사 동기와 이야기를 나누었다. 급하게 취재 때문에 나주에 간다는 이야기를 들었다. 그게 그렇게 부러워할 일은 아니었는데 갑자기 서러워서 눈물이 쏟아졌다. 이를 깨물고 눈에 힘을 줬는데도 자꾸 눈물이 흘렀다. 나도 잘할 수 있는데….

내 등 뒤에 있는 사회부에서 취재나 기사 이야기가 나오면 이어폰을 꽂았다. 못난 마음을 달래고 풀어보려고 해도 잘 되지 않았다. 사회부에 있는 내 또래 젊은 기자들이 부러웠고 질투도 났다. 못났다, 이러지 말자, 다짐하고서도 마음속 매듭은 단단하게 묶여 풀릴 기미가 없었다. 화병에 꽂힌 축 처진 꽃처럼 나는 점점 시들어갔다.

3년 차 선배가 보이지 않았다. 선배는 나처럼 첫 인사발령 때 이 부서로 왔고, 이후 문화체육부에서 스포츠 기사를 썼다. 그리고 최근 인사발령에서도 문화체육부에 그대로 머무르게 되었다. 동기에게 물었다. "선배는 요즘에 바쁜가 봐. 어디 가셨어?" 그러자 "몰랐어? 이직하셨어."라는 답이 돌아왔다.

어안이 벙벙했다. 취재원을 만나느라 점심 때 잠깐 외출한 사이에 선배가 편집국에 마지막 인사를 하고 떠났다는 것이었다. 그 선배와는 대화도 별로 해본 적 없었는데 왠지 선배가 떠날 때 어떤 마음이었는지 알 것 같았다.

휴일에 전남 지역의 한 학교 설립자를 인터뷰하고 기사를 쓰던 중이었다(휴일에 하지 않으면 안 될 정도로 일이 많았다). 뜬금없이 그만둔 선배에게 메신저로 물었다. "회사는 그만두려면 얼마 전에 알려야 돼요?" 답문이 돌아왔다. "왜? 그만두게?" 나는 회사를 그만두는 법도 몰랐다. 한 달 전에 회사에 고지하면 내가 원하는 날짜에 그만둘 수 있다는 사실을 알았다. 그렇게 나는 퇴사를 결심했다.

욕심이 많았다. 하지만 난 좋은 기사를 쓰고 싶은 욕심 말고는 없었다. 이틀간의 휴일 중 하루는 일을 할 수밖에 없어도 괜찮았다. 사적인 시간을 취재하는 일에 쓰는 것도 거리낌없었다. 심지어 월급도 상관없었다. 내 월급은 서울에서 최저시급으로 사무보조 아르바이트를 했을 때와 별 차이가 없었다(2017년 기준으로). 연봉은 2천만 원이 채 되지 않았다. 매달 40만 원을 월세로 내고, 자동차에 기름을 넣고, 생활비를 쓰면 미래를 위해 저축할 금액은 남지 않았다. 그래도 그게 1년도 되지 않아 퇴직한 이유는 아니었다. 언론에 대한 애정이 누구보다 크다고 자신하는 내가 단지 남들이 싫어하는 일을 맡았다고 해서 회사를 그만둔 것도 아니었다.

내가 해온 사소한 노력들이 차례로 무너지는 과정을 겪으면서 나는 지쳐갔다. 대단한 것을 바라지는 않았다. 작은 보람이라도 느끼고 싶었다. 소소한 만족마저 잃었을 때 나는 감당할 수 없는 큰 상실감에 휩싸였다. 퇴사하고 수백 번은 더 생각했다. 왜 나는 회사를 나왔나. 이성적으로 판단하면 근무했던 기간이 경력으로 쓸 수 없을 만큼 짧아서 좀 더 버티는 것이 현명한 처사였다.

기자라는 직업 자체를 포기할 마음이 아니라면, 막연한 미래를 기약하는 것보다는 꾸역꾸역 일을 하다가 직장을 옮기는 게 나았다. 집요하게 스스로에게 질문을 던졌다. 나는 왜 그만뒀을까. 오래전 헤어진 남자친구가 떠올랐다. 퇴사는 이별과 같았다. 상대를 만나야 하는 이유가 사라지면 연애는 끝난다. 회사 역시 다녀야 하는 이유가 사라졌다. 그래서 나는 회사와 헤어졌다.

회사를 나온 지 1년이 지난 뒤에도 여전히 사람들은 퇴사 이유를 물었다. 결심을 하고 결정을 실천으로 옮기기까지 나는 복잡한 과정을 거쳤다. 퇴사 이유는 간단하지 않았다. 열악한 조건에서 끊임없이 버팀목을 찾으려는 시도와 그러한 노력을 허탈하게 만드는 일련의 사건들이 반복되었다.

퇴사 이후 깨달은 것도 있다. 뜨거운 국을 담을 수 없는 그릇에는 뜨거운 국을 담지 말자. 미지근한 국으로도 충분히 맛을 낼 수 있다. 어설프지만 뜨거웠던 첫 키스처럼 나의 첫 직장 생활도 그런 아쉬움을 남기고 막을 내렸다.

부모의 부부관계에 대처하는 자세

아빠의 마음에 봄바람처럼
사랑이 스쳐갔다고 해도
나는 원망할 마음이 없다.

언젠가 엄마가 농담처럼 수화기 너머에서 넌지시 아빠가 누군가를 좋아하는 것 같다고 말했다. 순간 나는 얼어붙었다.

엄마와 아빠는 다정한 부부는 아니었다. 결혼 전에 나눈 애틋하게 기억될 추억도 없었다. 남편과 아내의 역할에 대한 기대는 컸지만 서로에 대한 기대는 늘 엎어졌다. 소통이 잘 되는 부부도 아니었다. 그래도 함께 살았다. 헤어지는 일은 생각해본 적도 없는 부부였다.

성인이 된 딸로서 나는 엄마의 말에 어떻게 답하면 좋을지 몰랐다. 무슨 일이 있었는지 자세히 묻자 엄마는 전

실수로 쏟은 건 너라고 생각했는데

79

통찻집을 운영하던 아줌마 이야기를 꺼냈다. 그 찻집은 아빠가 언젠가 나와 동생, 엄마를 데리고 간 적이 있는 곳이었다. 그때 봤던 찻집 주인의 모습이 떠올랐다.

평소 엄마는 아빠가 공연히 그 찻집을 자주 찾는 게 마음에 걸렸다고 했다. 그런데 할아버지가 돌아가시고 나서 49재를 지낼 사찰을 고민하던 중, 아빠가 찻집 아줌마의 의견을 구한 뒤 결정을 내렸다는 사실을 뒤늦게 알았다고 했다. 엄마는 아내로서 자신의 의견이 존중받지 못했다고 느꼈다. 마치 자신의 역할과 자리를 빼앗긴 것처럼 속상해했다.

"그래서 엄마는 진지하게 아빠가 찻집 아줌마하고 만난다고 생각해?"

엄마는 뜸을 들이다가 찻집 아줌마가 가게 문을 닫고 다른 지역으로 이사 간 뒤로는 연락이 끊긴 것 같다고 답했다. 나는 좀 더 직접적으로 물었다.

"엄마는 그러면 아빠와 이혼하고 싶은 거야?"

나는 엄마가 아빠에 대한 애정을 질투로 내비친 것인지, 아빠에 대한 신뢰가 깨져 부부 생활을 그만두고 싶은 것인지 확인하고 싶었다. 이혼이 크게 대단한 일도 아닌데,

불행한 부부관계로 인해 상처를 키우느니 헤어지는 것이 더 나은 선택일 수 있다고 생각했다. 그래서 나는 엄마가 만약 이혼을 원하는 거라면, 엄마의 선택을 존중해줄 마음이었다.

"내가 미쳤니."

엄마는 질색을 했다. 나는 나름대로 비장한 각오로 물었는데, 엄마가 긴장감도 없이 쉽게 답해서 허탈했다. 입술을 깨물었다. 입꼬리가 씰룩거리며 웃음이 삐져나올 것 같았다. 이제 알았다. 아빠에게 다른 여자가 생긴 것 같다고 생각하면서 헤어지기는 싫은 엄마의 마음을 비로소 눈치챘다. 30여 년 가까이 함께 살면서 으르렁거리고 다투다가도 다시 잘 지내는 엄마와 아빠의 모습이 떠올랐다.

무뚝뚝하기는 두 분 모두 마찬가지라서 엄마가 질투를 할 만큼 아빠를 사랑하는 줄 몰랐다(도대체 아빠는 무슨 매력이 있는 걸까? 정말이지 아빠는 내 스타일이 아니다). 엄마는 어딘가에 하소연을 하고 싶으면서도 이 문제가 진지하고 심각한 일이 되지 않기를 바랐다. 나는 일부러 엄마에게 짓궂게 말했다.

"엄마. 이혼할 생각 없으면 몰래 짝사랑하다 들킨 건

모른 척해주자. 손 잡다 걸린 것도 아니잖아. 만약에 아빠가 엄마랑 더 살기 싫다고 하면 쿨하게 보내줘. 한 남자랑 30년 살았으면 됐어. 엄마도 한 살이라도 어릴 때 다른 남자랑 연애도 해봐야지."

수화기 너머로 귀가 따갑도록 큰 웃음소리가 들렸다.

며칠 뒤 엄마로부터 다시 전화가 왔다. 엄마는 내가 부추긴 대로 아빠에게 직접 "바람피우고 있느냐?"라고 물었다. 아빠는 기가 막혀서 말도 안 나온다는 반응이었다. 엄마는 정작 그다음에 이어진 아빠의 말에 더 놀랐다. 찻집 아줌마는 갑작스레 말기 암 선고를 받아 가게 문을 닫았고, 그로부터 얼마 안 가 돌아가셨다고 한다. 찻집 아줌마에겐 가족이 없었다. 사별인지 이혼인지 모르지만 그녀는 혼자 살았고 죽음을 슬퍼하거나 기억해줄 자녀도 없었다. 마음이 숙연해졌다.

오래전 깔끔하게 꾸며진 찻집에서 봤던 주인 아줌마의 모습이 희미하게 떠올랐다. 찻집에는 직접 담근 차와 술이 담긴 투명한 병, 크고 작은 항아리가 줄지어 있었다. 꽃나무가 심어진 화분도 많았다. 우리 가족은 크고 두꺼운 원

목 테이블에 앉았고, 나는 국화차를 시켰다.

투명한 주전자에 우려낸 차와 국화 꽃잎을 띄운 찻잔이 함께 나왔다. 김이 올라오는 찻주전자를 바쁘게 준비하며 "두 분은 이렇게 다 큰 자식들이 있어서 듬직하겠어요."라고 말하던 그녀의 모습이 떠올랐다. 얼굴에 번진 환한 미소가 인상적이었다. 아빠는 완강하게 아니라고 했지만, 나는 아빠의 마음이 조금은 기울었는지도 모른다고 생각했다. 엄마에게 프러포즈를 받을 때까지 좋아하는 내색도 못했다던 아빠의 성격으로 보건대 진짜로 그녀를 좋아했다고 한들 표현이나 할 수 있었을까.

아빠의 마음에 봄바람처럼 사랑이 스쳐갔다고 해도 나는 원망할 마음이 없다. 설렘과 두근거림조차 느끼지 못하고 부부로서의 의무와 부모로서의 짐만 짊어진 채 삭막하게 사는 것은 너무 잔인한 일이다.

여느 딸들처럼 아빠를 타박해주지 못해 미안하지만 나는 엄마가 나이가 들었다는 이유로 사랑을 못한다고 생각하지 않으면 좋겠다. 사랑에 대해 책임질 자신이 있다면 언제든 누군가를 사랑하라고, 그런 이유로 아빠와 헤어진다면 나는 괜찮다. 부모님이 헤어진다고 해도 상처받지 않

실수로 쏟은 건 너라고 생각했는데

고 이해할 수 있을 만큼 나는 내적으로 사랑이 충만한 사람이다.

만약 세간의 눈초리 때문에 이혼하지 않고 부모님이 서로의 마음을 할퀴며 인생을 허비한다면 그러지 않기를 바란다. 나는 매 순간 엄마와 아빠가 행복하고 즐겁게 살기를 바란다(아빠가 괜찮지 않겠지만 아빠의 의사는 여기서 생략한다). 나의 긴 혼잣말을 들은 끝에 엄마가 말했다.

"아무튼 털어놓고 보니 속이 다 시원하다."

그런데 이상하게 나는 개운하지 않았다. 부모의 부부관계를 고민하면서 나름대로 입장 정리를 하고 보니 마음 한 구석이 께름칙했다. 고개를 돌리자 창밖으로 진눈깨비가 추적추적 내리고 있다. 도시가 부옇게 변했다. 지상으로 떨어진 것들이 족족 도로를 적셨다. '남의 연애에 끼어들지 말자.'가 내 신조인데, 오늘 새로운 결심을 했다. 부모의 부부관계에도 끼어들지 말자. 오늘부로 나는 부모의 부부관계 상담을 거부한다.

"엄마 아빠, 사랑은 각자 알아서 합시다."

사랑 없는 섹스는

사랑 없는 관계만큼
불안하고 비참하고 불쌍하며
불행한 관계는 없다.

모텔 창문은 가짜였다. 양팔을 뻗은 너비의 나무 창문을 열자 벽이 나왔다. 바깥을 전혀 볼 수 없는 밀실이었다. 날개가 고장 난 에어컨이 투덜대며 바람을 내보내고 있었다. 어두운 조명은 방 안을 누르스름하게 비쳤다. 침대 시트는 금방이라도 살갗이 쓸릴 듯 빳빳했다. 가짜 창문 아래엔 둥근 테이블과 서로 마주 보고 있는 의자가 있었다. 테이블 위에는 인스턴트커피 두 봉과 사기로 된 물컵 두 개, 그리고 낡은 재떨이가 있었다.

사랑이 결여된 관계는 불행하다.

L은 침대 끝에 걸터앉았다. 나는 L의 허벅지를 포개고

마주 앉아 자연스럽게 끌어안았다. 사람의 체온은 그 무엇보다 따뜻하다. 후끈한 기운이 타인의 피부에서 내 피부로 천천히 전해졌다. 그렇게 아무 말없이 있다가 서로의 머리를 쓰다듬었다. 털털거리는 에어컨 바람이 방 안을 채웠다. 살짝 몸을 떼고 이마부터 눈, 코, 인중을 바라보다가 손으로 얼굴을 가볍게 붙잡고 입을 맞췄다.

사랑하지 않는 사람과의 키스는 어떤 떨림도 없다. 맞닿은 입술은 사람의 것처럼 느껴지지 않았다. L의 입술은 생명이 없는 고무공처럼 느껴졌다. 내 입술은 바람 빠진 타이어 같았다. 사랑하지 않는데 왜 키스를 하는 것일까 생각하면서도 딱히 행동을 멈추지는 않았다. 스파크 튄 것처럼 떨렸던 키스들은 사라지고 없다. 나는 영영 그런 감정을 느낄 수 없을 것 같은 기분에 사로잡혔다. 키스를 하는 내내 잡다한 생각이 끊이지 않고 머릿속을 휘저었다.

피곤해서 눈이 스르르 감길 것 같았다. 텔레비전을 켜니 24시간 뉴스 채널이 백색소음처럼 들렸다. 등 뒤에서 끌어안은 L의 품에서 온기가 느껴졌다. 나는 등을 돌려 L을 바라봤다. 눈시울을 비비며 습관처럼 입을 맞췄다. L의 가슴에 손바닥을 얹었다. 뜨거운 기운이 나에게서 L에게로

옮겨갔다. 입술을 맞댔다. 턱끝에 입을 맞추고 목울대에
또 입을 맞추고 L의 가슴께에 다시 입을 맞췄다. 고개를
들어 L을 쳐다봤다. 눈짓도 손짓도 어떤 말도 주고받지 않
았다. L은 마치 정해진 매뉴얼대로 움직이듯 나를 일으켜
세웠다.

사랑 없는 섹스는 지루하다.

입술에선 고무 타이어와 같은 감촉이 느껴졌다. 아무
감정도 느낄 수 없다. 아이러니하게도 몸을 밀착한 순간,
가장 가까이에 있는 L은 내 마음속에서 가장 먼 우주 끝
으로 밀려났다. 대화가 오가지 않는 적막한 방 안에서 L의
낯선 목소리가 나지막이 울렸다.

가짜 창문에 계속 눈길이 갔다. 시선 둘 곳을 잃은 사
람처럼 나는 있지도 않은 창 너머를 상상하며 닫힌 나무
문을 바라보았다. 자세히 보니 방 안의 모든 물건이 낡았
다. 깨끗하게 다림질 된 침구를 제외하면 모든 것이 옛날
어느 순간 시간이 멈춘 때의 물건처럼 보였다.

사랑 없는 섹스는 사람을 사람답지 못하게 만든다. 나

의 존재를 훼손하는 것 같은 불안감이 파도처럼 끊임없이 밀려와 죄책감이라는 감정을 만들어냈다. 마치 깊은 구덩이에 떨어져 지상으로 올라가려고 안간힘을 쓰는 불행한 사람이 된 것만 같다.

차마 L에게 너도 같은 기분인지 묻지 못한다. 그러나 감정은 굳이 말하지 않아도 공기를 통해 전해진다. 내가 느끼는 비참하고 쓸쓸한 기분을 너라고 느끼지 못할 리가 없다. 외로움은 어떤 방법으로도 달래지지 않는다. 아무리 네가 좋은 사람이라도, 우리 사이에 연애를 막을 어떤 걸림돌이 없어도, 우리가 사랑하지 않으면 공허한 마음은 결코 채워지지 않을 것이다.

사랑 없는 섹스가 끝나면 더욱 혼자가 된다. 좁은 공간, 창문 하나 없는 밀실에 함께 있어도 결코 메울 수 없는 빈자리가 있다는 사실을 깨닫는다. 알면서도 반복하는 잘못. 사람들은 실수인 것을 알면서도 실수를 다시 저지를 때가 있다.

어리석은 사람들은 처절하게 비참해질 때까지 잘못을 반복한다. 머리끝까지 늪에 빠지고 숨이 막혀야 허우적대며 정신을 차린다.

입을 맞추면서 또 애무를 하면서 대화하지 않는다는 것
은 사랑하지 않는다는 뜻이다. 서로의 일상이 서로에게 어
떤 영향을 주지 않고 평행선처럼 비켜서 나아간다는 의미
다. 서로가 언제 어디서 흔적도 없이 사라져도 일상은 변
함없이 계속될 것이다. 그런 시답잖은 관계를, 나는 이제
진심이 없는 그런 관계를 그만두려고 한다.

사랑 없는 관계만큼 불안하고 비참하고 불쌍하며 불
행한 관계는 없다. 성욕이 사랑과 따로 존재한다는 세간
의 말은 새빨간 거짓말이다. 거짓말에 허영을 보태 으스대
는 무리들에게 안주나 다름없는 그런 사랑관은 깡통처럼
짓밟아 쓰레기통에 던지고 싶다. 양극단에서 섹스를 질색
하거나 찬양하는 무리에게 대놓고 "차라리 섹스리스가 나
아."라고 거칠게 소리치고 싶다.

L들에게 작별을 고한다.

한때 뜨겁게 사랑했던 사람이었지만 나중에는 친구도
되지 못한 사람. 마음의 짐을 조금씩 공유했으나 끝내 사
랑을 나누지는 못했던 사람. 허전한 마음을 어떻게든 흘려

실수로 쏟은 건 너라고 생각했는데

보내고 싶어 억지로 만났던 사람. 서로가 필요해서 서로를 이용했던 사람. 진심 없이 얄량한 태도로 사람의 마음을 함부로 대했던 사람. 무수한 L들과는 영원히 이별이다.

미안해, 실수로 널 쏟았어

미안해, 실수로 널 쏟았어

젖은 땅 위로 떨어지는 빗방울 소리,
흘러나오는 음악을 따라갔어.

#1

연남동 골목은 한적하고 조용했어. 주말이면 사람들이 붐
비곤 했는데 말이야. 나는 산책로를 따라 걸었어. 차도를
지나 골목 안으로 들어왔지. 무슨 생각을 골똘히 하다 보
니 어딘지 모르는 주택가 골목 안까지 들어왔어. 어디였는
지는 기억이 안 나.

젖은 땅 위로 떨어지는 빗방울 소리,
흘러나오는 음악을 따라갔어.

찰랑, 풍경이 울리고 유리문 안쪽엔 책들이 누워 있었어. 홀로 주인 없는 작은 책방에 들어온 거야. 그날 나는 물 한 모금도 마시지 않았는데 이상하게 배가 고프지 않았어.

#2

수백 개의 떠도는 섬들 사이로 유유자적 헤엄치는 여객선 한 척. 스위트룸에선 정사각형 액자 속에 갇힌 섬들이 서로 탈출하겠다고 아우성.

밤바다의 소리가 들려. 이 바다의 주인은 섬들이야. 섬은 검은 그림자를 적막한 바다에 드리워 속을 알 수 없지. 스위트룸 발코니 문을 열고 여자가 맨발로 나가. 무심한 듯 선박 뒤로 쫓아오는 물살을 바라봐.

물고기 떼는 아니야. 저들은 살아 있지 않아.

섬들을 풀어헤치다 말고 멈춘 여객선. 익숙지 않은 고요함이 늘어진 옷깃처럼 섬을 둘러싸고 물비린내가 코끝을 적셔. 피아니스트의 건반 소리가 들려. 촛불이 켜지고 연남동 골목으로 돌아와.

#3

비는 어느새 멎고 젖은 거리를 헤매. 오늘따라 고요한 골목길을 솔티드캐러멜 커피를 마시듯 핥아.

미안해, 실수로 널 쏟았어.

머리 위로 떨어지는 양동이에서 빗물이 쏟아져. 날쌔게 몸을 뒤로 뺐지만 이미 발등은 흠뻑 젖었어. 지난날의 실수와 후회와 미련을 떨어진 양동이에 주워 담아. 그것들은 마치 살아 있는 물고기처럼 양동이 안에서 파닥파닥 요란히 움직여.

천여 개의 섬들 사이에 몰래 버리고 온 팔뚝만 한 물고기들. 비늘마저 에메랄드빛.

#4

반지하 계단을 따라 내려가자 캐러멜색 고양이가 나를 기다려.

찰랑, 풍경이 울리고 문을 열자마자 나를 덮치고 먼발치로 달아나는 고양이. 더듬거리며 주인에게 말해. 내가 고양이를 잃어버렸는데 괜찮겠냐고. 라떼 위에 그림을 그리던 무심한 검은 눈동자. 나를 힐끗 올려다보더니 고개를 끄덕여.

진정되지 않는 나는 재채기를 연달아 하며 쭈뼛쭈뼛 안으로 들어가. 갑작스러운 현기증에 테이블 위 물 잔을 흘리고 말지.

내 발등 위로 떨어진 것들은 이제 새끼손가락만큼 작아진 물고기들. 나는 열 손가락을 오그리고 물과 물고기들을 잔에 주워 담아. 젖은 스니커즈는 어디에 벗어두고 왔는지 기억이 나지 않아.

#5

죽음 같은 잠에서 의식을 붙잡아. 여기는 현실이 아니야. 육지로 돌아온 이후 꼬박 여섯 밤 일곱 날을 잤어. 약을 먹지 않았는데 진득한 두통은 가시지 않고, 가쁜 호흡을 붙잡으며 눈을 떴다 감았어.

아마도 나는 매일 죽었던 거야.

숨을 쉰다고 사는 게 아니고, 밥을 먹고 변기에 앉는다고 사는 것도 아니고, 너와 내가 관계를 맺어야 사는 거야.
그런데 나는.

  미안해, 실수로 널 쏟았어.

  파탄 난 관계는 나를 홀로 감옥에 가두었고, 사는 것도
죽는 것도 아닌 일곱 날을 나에게 주었지. 갈비뼈가 아파.
나는 죽은 것일 테지. 무엇을 위해 태어났을까. 배부른 소
리라고 하지 마. 나에겐 죽음보다 더 큰 존재의 이유.
  아, 나는 작년에 멍청한 소년을 만났어. 그 애는 자기가
누구인지도 모르고 매일 죽고 태어나는 자기 자신에게 확
신이 없다고 했지. 나는 비웃었어. 실은 알고 있어. 왜 끊
임없이 물고기를 숨기면서도 마주하면 애절하게 구걸해야
하는지. 젖은 무릎을 아스팔트 도로 위에 꿇고 빌어야 하
는지.
  죽음에 가까이 다가간 여섯 밤 중 어느 밤이었지. 걷고
또 걷다가 내 방 벽에 다닥다닥 붙인 풍경사진 중 하나에
이르렀어. 웃지 않았고 입술은 꼭 다문 채였어.
  팔딱이는 심장을 움켜쥐며 온몸이 에메랄드빛으로 변

실수로 쏟은 건 너라고 생각했는데

95

하는 것을 지켜봐. 비명을 지를 새도 없이 발 앞까지 닥쳐온 구멍으로 떨어져. 방망이로 거세게 맞은 듯 욱신한 고통이 어깨부터 천천히 전해지면, 거대한 그림자가 나를 끌어안고 비참하게 울어.

#6

실수로 쏜 건 너라고 생각했는데.

미안해,
실수로
널 쏟았어

여전히
비와 같을까

어른이어야 한다는 두려움

어른이 될지 말지 선택권은
처음부터 우리에게 없었다.

나이를 먹을 때마다 마음속에 두려움의 크기가 커진다.
나는 그저 전보다 나이를 먹었을 뿐이다. 스스로 어른이
되었는지 확신이 들지 않는다. 불안하고 불확실한 상태가
계속된다. 더 큰 두려움은 따로 있다. 내가 누군가를 다시
뜨겁게 사랑할 수 있을까. 이 질문은 해가 바뀔 때마다 나
를 괴롭힌다. 사람을 사랑하고, 그 사람을 사랑하는 일 때
문에 마지막으로 울었던 때가 벌써 4년 전이다. 그런 감정
이 쉽게 찾아오지 않는 귀한 것인지 그땐 몰랐다. 알았다
면 더 소중히 여길 걸 그랬다.

　"더는 사랑을 할 수 없을 것 같아."

이십대 초반에 어울렸던 삼십대 언니들이 그런 말을 할 때면 시큰둥했다. 당시에 나는 의지만 있으면 뜨겁게 사랑을 할 수 있다는 자신감에 차 있었다. 이 사람이 특별해서가 아니라 이 사람과 헤어지면 더는 누군가를 사랑하지 못할 것 같아서 결혼을 결심했다는 언니도 보았다. 10년을 만났는데 그사이 상대도 자신도 변해서 결국 이별했다는 언니도 있었다. 그들에게서 묻어나던 쓸쓸하고 무거운 공기가 지금은 내 주변을 맴돌고 있다.

잘 알지 못할수록 확신은 깊어지는 법이다. 그 무렵, 나는 사랑이 무엇인지 알고 있다고 확신했다. 사랑은 찬장 꼭대기에 숨겨져 있지만 마음만 먹으면 의자를 딛고 꺼내 먹을 수 있는 사탕 상자였다. 엄마가 손이 닿지 않는 곳에 꽁꽁 숨겨도 나는 언제든 사탕을 찾아 먹을 수 있었다. 그래서 사랑을 못할 것 같다는 그들의 말이 핑계처럼 들렸다. 그들의 한숨 섞인 이야기는 한 귀로 흘러들어와 그대로 다른 쪽 귀로 흘러나갔다.

"연애 안 해요?"

지금은 이런 질문을 받으면 어떤 표정을 지어야 할지 모르겠다. 왼쪽 눈썹이 들쑥날쑥 제멋대로 움직인다. 입꼬리는 올라간 것 같기도 내려간 듯도 하다. 사랑을 할 수 없는 병이 있다면 나는 그런 병에 걸린 것 같다. 감기처럼 지나가길 바란 적도 있지만 지금 그 병은 만성질환이 되었다. 사랑에 관해 떠들려고 해도 요즘 나는 아무 말도 뱉을 수 없다. 누군가 연애 고민을 털어놓아도 뾰족하게 떠오르는 말이 없다.

맥주를 마시면서 시시콜콜 마음 편히 연애담을 털어놓던 대학 동기들도 이제는 일 이야기만 한다. 너희 회사는 어때, 동료들은 괜찮니, 일은 재밌다니 다행이다, 요새도 밤 11시에 퇴근해. 전에는 만나면 서로의 남자친구 이야기, 데이트하며 있었던 재밌는 일화를 꺼내기 바빴는데 몇 년 만에 대화 소재가 달라졌다. 서로 연애 좀 하라고 타박하던 시기도 지난 지 오래다. 그러던 어느 날 한 친구가 평소와 다르게 수줍은 말투로 고백했다. 다섯 살 연하의 남자친구가 생겼다고.

친구는 노량진에서 공무원 시험을 준비한 지 3년 만에 합격했다. 이후 연하의 남자친구도 생겼다. 시험 합격을 축하하기 위해 노량진으로 모였다. 저렴한 모둠회를 파는 술

집에서 소주병을 땄다. 술이 단 것은 이 술이 과일소주이기 때문이지. 난 과일소주는 혼자서 3병도 마실 수 있어. 혼잣말이 나오는 건 술 때문이 아니라 추워서 그렇다. 친구들과 나눠 마시느라 소주는 얼마 마시지 않았다. 내가 취했을 리가 없다.

횟집에서 나와 스몰비어 가게로 자리를 옮겼다. 맥주를 한 잔씩 시키고 한창 떠드는데 갑자기 누군가 친구의 새로 생긴 남자친구가 보고 싶다고 했다. 친구는 선뜻 남자친구를 불렀다. 부담 되면 나오지 않아도 된다고 해, 그 친구한테 우린 되게 어른처럼 보일 것 같아, 우린 아직도 스무 살 그때 그대로 같은데, 아줌마처럼 굴지 말자, 다들 아재 개그도 금지야.

친구의 남자친구를 모두 모인 자리에 초대한 것은 10년 동안 처음 있는 일이었다. 친구의 남자친구는 흔쾌히 우리와 함께했다. 친구는 남자친구가 가게로 들어오는 순간부터 얼굴색이 환해지고 입이 귀에 걸렸다. 연하라고 해서 마냥 어릴 줄 알았는데 듬직한 인상이었다. 선입견 하나가 그렇게 깨졌다. 얼굴에 생기가 넘치는 친구를 보고 있자니 나도 모르게 자꾸 웃음이 났다.

대학 동기들은 나이가 제각각이다. 서른하나, 스물아홉, 스물여덟. 그래봤자 고만고만하지만 말이다. 우리는 같은 시기에 비슷한 고민을 거치며 무늬만 어른이 되지 않으려고 애써왔다. 서른 안팎에 접어든 지금까지도 여전히 어른의 무게가 있다면 무엇인지 고민한다.

어른이 될지 말지 선택권은 처음부터 우리에게 없었다. 그래도 '어른'으로 불리며 사회에서 발언권을 가진다면 그에 따르는 책임도 져야 한다. 그게 어른이라 호명되는 이들의 무게다.

오늘도 하루가 진다. 눈을 감았다 뜨면 또 한 해가 지나갈 것만 같다. 나는 서른이 되었고, 서른은 예전처럼 많은 나이로 여겨지지 않는다(2005년에 방영된 드라마 〈내 이름은 김삼순〉에서 김삼순은 서른 살 '노처녀'였다. 그러나 요즘 서른 살은 '한창 놀 때'다). 그래도 가슴이 두근대는 것은 어떻게 막을 도리가 없다. 날이 추워지면 어른이어야 한다는 두려움이 스멀스멀 나를 덮친다. 나는 새해를 앞두고 매번 다짐을 한다. 3년 전에는 좋은 어른이 되자고 결심했다. 2년 전에는 아이들이 아줌마 또는 이모라고 불러도 언니나 누나로 정정하지 말자고 결심했다. 지난해에는 동네 할머니가 새댁이라고 불러도 불쾌해 하지 말자고 결심했다. 그렇게 타인의 실수에 관대해지자는 결심과 함께 나는 서른에 접어들었다.

내 직업의 특성상 10대를 만날 일은 거의 없지만 만약 그들과 함께한다면 조언보다는 칭찬을 많이 해주자고 마음먹었다. 그들에게 '나이가 어려도 스스로 잘 결정할 수 있다는 믿음을 주는 어른'이 되어주자고 결심했다.

내년을 맞이하기 전에는 또 어떤 결심을 해야 할지 아직 고민하고 있다. 하나는 정했다. 나이를 먹었다고 뜨겁게 사랑할 수 없을 것이라고 단념하지 말자. 뜻대로 되지 않더라도 누군가를 심장이 터지도록 사랑할 수 있을 것이라고 믿고 지내야겠다. 기왕이면 그 사람이 어른의 무게를 이해하고 함께 나눌 수 있는 근사한 사람이면 좋겠다.

부드러운 말, 사랑, 온기, 호감 그 사이

나는 말로 상처받은
기억 때문에
말에 민감했다.

우울증이 있는 인터뷰이를 지켜보면서 '나도 그렇게 힘들던 때가 있었는데…' 하고 생각에 잠겼다. 인터뷰이의 사소한 제스처, 화법 이런 것들이 오래전 우울증을 겪었던 그때를 상기시켰다. 마음이 아파서 느끼는 통증은 눈으로 보이지 않기 때문에 그것을 경험해본 사람이 아니라면 고통의 깊이를 헤아릴 수 없다. 우울증을 겪는 이들과 주변 사람들이 어려움을 겪는 이유다.

긴 터널을 나와 잠시 빛을 보았다가 다시 터널로 들어갔던 경험이 있다. 그 과정은 무어라 표현하기 어려울 만큼 힘들고 괴로웠다. 처음에는 주변 사람들에게 도움을 요청했다. 하지만 가까운 사람들은 이런 문제에 무지했고, 나는 오히려 도움의 손길을 내밀었던 그들에게 상처를 받았다. 그렇게 열여덟 살부터 스물두 살까지는 긴 터널에서 빠져나오지 못했다. 겉으로는 사람들에게 사교적이고 활발한 모습만 보이려고 노력했지만, 마음이 입은 상처는 쉽게 낫지 않아서 자꾸 곪았다 터지기를 반복했다.

그 무렵, 나는 겉으로 보이는 명랑한 모습과 다르게 사람들을 혐오했다. 가족들이 벌레처럼 느껴졌고 친구들을 포함한 주변 지인들은 마네킹처럼 보였다. 그런 생각에 사로잡히면 비위가 상했다. 화장실에 자주 달려가 헛구역질을 했다. 어떤 때는 살아 있다는 사실이 숨 막히게 느껴져서 보름 넘게 집을 청소하지 않은 적도 있었다. 개수대에는 곰팡이가 버섯처럼 자랐고 집은 거대한 쓰레기통이 되었다. 신발을 신고 방을 들락거리기도 했다. 마지못해 매일을 견디는 그런 나날들이었다.

긴 터널을 빠져나오게 된 데는 특별한 계기가 없었다(솔직히 기억이 나지 않는다.) 스물두 살 때 맞은 가을이었다. 아침에 눈을 떴는데 문득 '행복하지 않아도 되니까 그저 차분하고 평온했으면 좋겠다.' 하는 간절한 마음이 들었다.

보이지 않는 불구덩이로 나를 밀어 넣는 것들에 대한 실마리라도 찾아보자고 생각했다. 낯선 사람을 만나 상담을 받는 일은 두려웠다. 소심하게 정신과 의사나 심리학자, 상담가가 쓴 관련 책들을 찾아 읽었다. 큰 기대는 없었는데 책을 읽으면서 나는 서럽게 울었다. 책을 통해서 내가 이상하고 유별난 사람이 아니라는 것을 알게 되었기 때문이다. 안심이 되었다. 책 속엔 나처럼 마음이 아픈 사람들이 아주 많았다.

수많은 책들을 읽으면서 내 몸에 대한 분노와 혐오스러운 감정이 들끓었던 이유를 찾게 되었다. 나는 어릴 때부터 엄마와 아빠에게 이기적이라는 말을 듣고 자랐다(부모님은 기억이 나지 않는다고 하지만). '이기적'이라는 말이 정확히 무엇을 의미하는지 몰랐지만 부정적인 뉘앙스라는 건 확실했다. 그 말이 천천히 내 마음을 병들게 했다. 부모님은 주관이 뚜렷하고 자유로운 표현에 대한 욕구가 큰 나를 이기적이라는 말로 타박했다. 이치에 맞게 설명해주기보다 말로써 상처를 주었다.

억압하고 통제하려는 그들의 말투는 퍽 여물지 못한 나

의 마음을 마구 할퀴었다. 더 따뜻하게 사랑받고 싶은 바람은 채워지지 않았다. 나에게 상처를 주면서도 자식에게 좋은 부모라고 인정받기를 바라던 부모님의 태도 또한 혼란을 주었다. 나는 그런 부모를 어떻게 대해야 할지 몰랐다. 그래서 부모에게서 받은 상처를 빌미로 남들에게 똑같이 대했다. 아주 어릴 땐 동생을 자주 못살게 굴었다.

아무리 자신이 상처받았다고 해도 타인에게 못되게 구는 행동은 정당화될 수 없다. 어느 날, 나는 한 번밖에 없는 삶을 남을 미워하는 데 쓰는 일이 아깝게 느껴졌다. 쉬운 일은 아니었지만 부모에게 향하는 부정적인 감정을 누그러뜨리고 최대한 건조한 관계를 유지하기로 했다. 부모를 내 인생과 관계없는 타인처럼 바라보기로 했다.

남의 인생을 들춰보듯이 남몰래 엄마와 아빠의 인생 그래프를 그려봤다. 현재의 부모님이 되기까지 그들 각자가 살아온 삶의 굴곡을 되짚어봤다. 작가가 소설을 쓸 때 정교하게 인물들을 만들고 숨을 불어넣는 것처럼 나 역시 부모를 소설 속 캐릭터라 여기며 객관적으로 바라보기 위해 노력했다. 그러자 조금이나마 그들을 이해할 수 있었다.

하루아침의 변화는 아니었지만 여러 시도 끝에 나는 전

보다 훨씬 건강해졌다. 미움으로 가득 찼던 마음은 차분해지고 따뜻해졌다. 그 과정에서 말이 사람을 움직일 수 있다는 사실을 체득했다. 나는 말로 상처받은 기억 때문에 말에 민감했다. 일면식도 없는 사람이 거리에 침을 뱉듯 내뱉는 말에도 나는 이따금 깊이 베였다. 하지만 지금은 그런 말에 쉽게 베이지 않을 만큼 단단해졌다.

취미로 동호회 활동을 하면서 어떤 친구를 알게 되었다. 그는 내실이 단단하고 정갈한 언어를 쓰는 사람이었다. 간혹 문장을 수려하게 쓰는 소설가나 시인을 만났을 때 그들이 사용하는 언어가 거칠고 구멍이 많아서 적잖이 실망했던 적이 있다. 하지만 동호회에서 만난 그 친구가 쓰는 언어는 이곳저곳을 떠돌아다닌 돌의 모서리처럼 둥글게 닳아져 뾰족한 구석이 없었다. 그가 골라서 쓰는 단어와 문장은 아름다웠다. 특별히 누군가를 위로하려는 말이 아니었음에도 그의 언어는 담요처럼 부드럽고, 함박눈 내리는 날 난로 앞에 선 것처럼 따스했다. 나는 그에게 깊은 호감을 느꼈다.

그를 보며 어떤 생각이 불쑥 솟아났다. 보드라운 이불

속에서 햇살을 맞으며 깨는 아침처럼 포근하고 잔잔한 사랑이 하고 싶다는 생각. 무리하지 않아도 서로의 마음을 베지 않는 말로 하루, 이틀을 쌓아가는 사랑을 나누고 싶다는 생각.

그런 사랑을 할 수 있을까, 나는.

프리랜서는 비를 피할 곳이 없다

프리랜서 기자는
빛 좋은 개살구였다.

#1

회사를 그만두는 일은 별로 낭만적이지 않다. 누군가는
특별한 의미를 부여할지 모르겠으나, 나에게 퇴사는 인사
하기 위해 분주하게 사무실을 돌아다니던 입사 첫날과 달
리 그다지 특별하지 않았다. 퇴사하는 마지막 날까지 일을
했고, 얼마 되지도 않는 짐을 정리했고, 인사를 했고, 회사
를 나왔다.

부장님이 "나 원래 이런 사람 아니다."라며 내심 서운한
얼굴로 배웅을 나왔다. 내 몫의 일이 남은 사람들에게 큰
짐이 되리라는 것을 알고 있었다. 미안하면서도 한편으로

는 미안하지 않았다. 복잡하고, 이상하고, 후련하지 않고, 공허한 마음이 교차했다. 사직서에 비장한 각오를 적었던 것 같은데 기억이 가물가물하다. 어쩌면 난 비장한 것이 아니라 비겁했는지도 모른다.

뭘 했는지 모르겠다. 그만두고 여행을 갔다. 운동도 했고 강연회도 들으러 다녔다. 동호회도 했다. 사람들을 만나 술을 마셨고 수다도 떨었고 그러다 다시 공부를 했다. 그만둔 지 1년이 지났음에도 불구하고 첫 회사에서 보낸 날들은 여전히 선명한데 회사를 떠난 이후의 날들은 오히려 흐릿하다. 퇴사 이후의 시간은 마치 테이프가 늘어진 비디오의 깨진 화면처럼 불분명했다.

프리랜서 기자로 일을 하게 된 것은 우연이었다. 이미 일을 관둔 지 6개월이 지난 때였지만 이력서는 달랑 한 곳에만 썼다. 그나마도 떨어져 그 뒤로는 이력서를 쓰지 않았다. 경력으로 쓸 수 없는 근무기간 덕에 나는 모든 것을 처음부터 다시 시작해야 했다. 내가 썼던 기사는 경험을 뒷받침해주지 못했고, 시행착오를 겪으며 배운 일은 아무런 가치가 없게 되었다.

2년이면 만료되는 자격증도 다시 만들어야 했다. 언론사에 들어가는 관문을 넘기 위해 스터디도 다시 시작했다. 그사이 지인들로부터 "좋은 소식 없느냐?"라는 질문을 받으면 나는 똑바로 답하지 않고 "그냥 잘 지내요."라고 말을 흐렸다.

사회에선 나 같은 처지에 있는 사람을 '중고 신입'이라고 부른다. 스터디에서 그 말을 처음 들었을 때 기분이 영 좋지 않았다. 나를 '중고 신입'이라고 부른 스터디원이 "요즘엔 중고 신입이 인기래요. 다연 씨가 부러워요."라고 한 말이 정말 부러운 것인지 비아냥대는 것인지 헷갈렸다.

더군다나 사람에게 '중고(中古)'라니. 내가 써서 닳아지는 물건도 아닌데. 정작 그 또한 직장 경험이 있는 사람이었지만, 그가 지칭한 중고 신입은 경력이 있으나 경력직으로 지원지 못하는 사람들을 가리키는 말인 듯했다.

덥석 프리랜서 일을 하겠다고 한 까닭은 뉴스에 목말랐기 때문이다. 진한 갈증이 뱃속 깊은 곳에서부터 올라왔다. 기자라는 정체성은 그대로인데 기사를 쓸 수 없는 현실이 불행했다. 주변 사람들은 번갈아가면서 "이제 기자 안 할 거냐?"고 물었다. 나도 마냥 손을 놓은 것은 아니고 언젠가 쓸 아이템을 고민하기도 했지만, 그래봤자 기사로 쓰지 않으면 아무것도 아니게 될 일이어서 뭐라고 답할 수가 없었다.

나는 글이 실리게 될 잡지 이름만 기억했다. 도끼라는 뜻을 가진 어감이 독특한 영어 이름이었다. 주변 사람들이 이 잡지의 이름을 모르는 것과 달리 나는 알고 있었다. 따지지도 않고 덥석 하겠다고 했다. 그렇게 나는 어영부영 프리랜서로 일을 하게 되었다.

#2

한번은 의심이 많은 성격 때문에 내가 기자의 길을 걷게 된 것은 아닐까 생각한 적이 있다. 나는 의심이 많다. 회의를 하자고 만난 잡지 관계자들의 첫인상은 물음표로 남았다. 그동안 내가 살아온 세계와 다른 차원으로 넘어온 것 같았다.

나는 문학이라는 세계를 모르는 채로 수첩에 지렁이처럼 꼬부라진 글자를 끄적거렸다. 첫 미팅은 시간을 때우다 헤어졌다. 그리고 한동안 연락이 없었다. 기획이 엎어졌나 보다 생각하고 잊은 채 지냈는데 다시 연락이 왔다. 땡볕

미안해, 실수로 널 쏟았어

이 한창 뜨거운 여름이었다.

주제는 '문단을 찾아서'였다. 나는 '문단의 실체는 무엇인가?'라는 물음에 대해 답을 찾아야 했다. 취재를 하다 말고 종종 실성한 사람처럼 허공에 대고 큰소리로 웃었다. CCTV가 있는 것도 아니고, 발이 달려서 족적을 찾을 수 있는 것도 아닌 이 모호한 '문단'의 실체를 어떻게 찾으라는 거지? 회의감이 들었다.

그래도 최선을 다했다. 다양한 의견을 듣기 위해 가리지 않고 사람들에게 접촉했다. 어떤 의도를 가지고 입맛에 맞는 결과를 도출할 생각은 처음부터 없었다. 그 부분은 사전에 잡지 편집부와도 협의한 내용이었다. 그런데 취재하는 내내 나는 예상보다 훨씬 더 거센 반응에 부딪혔다.

이 반응은 어떤 의미일까. 생각이 많아졌다. 잠을 잘 자지 못했고 걱정 때문에 밤낮이 바뀐 채로 며칠을 보냈다. 끼니도 언제 챙겨 먹었는지 기억나지 않았다. 기자 일을 하면서 항의전화 한 번 받아보지 않은 사람은 없겠지만 내가 직면한 반응은 그런 것과는 결이 달랐다. 처음으로 회사를 떠나서 외롭다는 생각이 들었다. 갑작스레 내리는 소나기를 온몸으로 맞으면서도 비를 피할 곳을 찾지 못해 계속

비를 맞는, 그런 기분이었다.

그동안은 취재하거나 기사를 쓰면서 생기는 고민에 대해 크게 걱정할 필요가 없었다. 회사에는 언제나 고민을 털어놓을 동료와 막다른 길에 다다랐을 때 방향을 제시해주는 선배들이 있었다. 프리랜서로 일을 한다는 것은 그런 어려움을 털어놓을 수 없고 혼자 감당해야 한다는 사실을 의미했다. 잡지 편집부에서는 이런 시도(기자가 취재 후 글을 쓰는 일)가 처음이라서 내가 하는 일의 성격을 잘 이해하지 못하는 것 같았다. 취재를 하다가 서운한 일도 있었는데, 지나고 보니 그럴 수도 있겠다고 생각했다.

프리랜서 기자는 빛 좋은 개살구였다. 내가 닮고 싶은 기자들은 오랜 시간 탐사보도를 하고 그 결과물을 압축한 르포를 책으로 냈다. 책날개에 실린 그들의 프로필에는 '프리랜서 저널리스트'라는 짤막한 소개가 쓰여 있었다. 언론사에 소속되지 않은 만큼 시간이나 회사 내 갈등에 구애받지 않고, 한 가지 사안에 깊이 천착해 취재하고, 동시에 어느 정도 밥벌이는 할 수 있는 직업인 줄 알았다. 그런데 막상 겪어보니 그들이 르포에선 말하지 않은 현실의 어려움이 눈앞에 생생하게 그려졌다.

어느 날은 조지 오웰의 르포르타주『위건 부두로 가는 길』을 읽다가 "툭 하면 굶어야 하는 프리랜서 저널리스트" 라는 문장을 읽고 웃음을 터뜨렸다. 그 문장은 오웰이 스스로를 포함한 중산층에 대해 이야기하는 대목에 있었는데, 이는 그의 경험이 배어난 유머였다. 그는 자신의 위치를 "교육으로만 보면 부르주아지만 소득으로 보면 노동 계급"이라고 표현했다.

내가 말한 프리랜서 기자의 어려움이 단지 밥벌이 문제만을 말하는 것은 아니지만 오웰의 문장은 곱씹을 때마다 웃음이 났다. 어느 시대나 어느 나라나 프리랜서 기자는 힘든 일인 것 같다. 한국에서 프리랜서 기자로 사는 것 또한 어렵다. 신문이나 잡지에서 보이는 '객원 기자'들은 대체 어떤 사람들일까. 아마도 다른 일을 같이 하거나 나처럼 생활의 대부분을 동거인에게 빈대 붙어 살고 있는 게 아닐까.

당시엔 내가 언제까지 프리랜서 기자로 기사를 쓸 수 있을지 끊임없이 고민했다. 그땐 그저 너무 더워서 덥다는 생각 외에는 달리 아무 생각도 들지 않았다. 막연히 '언젠간 회사에 다시 들어가겠지.'라고 생각할 따름이었다.

무엇보다 나는 사회적 동물이다. 아침에 일어날 생각에 괴로워할지라도 출근할 수 있는 곳(출입처든 취재현장이든)이 있었으면 좋겠고, 시시한 농담이라도 주고받을 수 있는 동료가 있었으면 했다. 혼자이면서도 혼자가 아니라는 든든함도 느끼고 싶었다. 같은 길을 걸으며 진지하게 언론의 미래를 이야기할 수 있는 사람들과 함께하고 싶었다.

일에 대한 갈증 때문에 프리랜서 기자로 글을 쓰기로 한 건데, 여전히 갈증이 해소되지 않는다. 깊은 어둠이 내려앉은 밤에도 30도를 훨씬 웃도는 열대야가 지속되는 날씨 탓일까.

#3

기사를 쓰는 일을 만만하게 생각하면 곤란하다. 물론 쉽게 기사를 쓰는 방법이 있기는 있다. 남의 것을 베끼면 된다. 기사를 다 읽는 데 소요되는 시간은 짧지만 막상 쓰는 일은 여러모로 수고스럽다. 기사를 하나 읽는 데 걸리는 시간은 대체로 컵라면에 뜨거운 물을 붓고 면발이 익은 것을 확인한 뒤 후루루 먹기까지 걸리는 시간보다도 짧다.

문학잡지에 실린 내 르포 또한 읽는 데 오랜 시간이 걸리지 않는다.

르포는 인터뷰로 구성되어 있다. 소설가와 시인이 되고 싶은 사람들, 작가와 독자들의 목소리가 담겼다. 인터뷰라고 하면 사람들은 인터뷰이가 했던 말을 그저 옮기는 것이라고 생각하는데 그렇지 않다. 수많은 말 중에서 기자가 골라 쓴 말만 대중에게 전해진다. 이전에 내가 브런치(온라인 글쓰기 플랫폼)에 올린 '기자는 타인의 문장을 채집한다'는 글이 그런 맥락에서 쓴 것이다.

이를테면 르포에 실린 시인 지망생의 인터뷰는 대화를 통해 얻은 수많은 정보 중 르포의 주제에 맞는 일부만 골라 활용된 것이다. 인터뷰는 모두 실리지 않고 글의 주제, 맥락, 완성도 등 여러 가지 이유로 일부만 실린다. 어차피 사람의 말은 글보다 논리적이지 않고 순서도 뒤죽박죽이기 마련이다. 토씨 하나 바꾸지 않고 그대로 기사에 싣는 일은 애초에 불가능하다.

어렵게 쓴 글을 읽는 데 걸리는 시간이 컵라면 먹는 시간보다 짧을 때면 만감이 교차한다. 독자들이 쉽게 읽어 기쁘지만, 한편으로는 한 번 읽은 기사를 두 번 읽지 않는다는 것을 알기 때문에 허무하기도 하다. 그래도 마음은 한결같다.

'어렵게 썼지만 쉽게 읽으세요.'

나는 소화하지 못한 것을 받아쓰지 않는다. 기자가 이해하지 못한 채 전달만 하는 뉴스는 독자를 불편하게 한다. 취재할 때 욕을 먹어도 꼬치꼬치 캐묻는 이유가 바로 이 때문이다(의외로 취재할 때 "기자면서 그런 것도 모르냐?"라는 질타를 많이 받는다. 기자가 이 세상 모든 일을 속속들이 다 안다면 정말 좋을 텐데).

르포를 쓰며 고민도 많았다. 잡지 측은 르포의 형식을 요구했는데, 주제의 특성이나 관계자들의 업무 방식 및 문학계 분위기로 미루어봤을 때 일반적인 르포 양식을 따르기 어려웠다. 고민이 많았다. 보다 생생하게 현장을 그림처럼 보여주면서도 그동안 숱하게 제기된 문제를 어떻게 다르게 표현할지가 관건이었다. 적어도 독자로 하여금 내가 쓴 르포를 읽어야만 하는 이유가 있어야 한다고 생각했고, 그런 고민 끝에 나름대로의 색깔을 담아 르포를 완성했다.

지면의 한계, 주제에서 벗어난 경우, 추가 취재가 필요한 경우 등 다양한 이유로 싣지 못한 내용도 있다. 보통 전하지 못한 이야기는 마음속 상자에 고이 담아두고는 한다. 취재 현장에서 우연히 듣게 되는 절실하고 어려운 이야기를 한 귀로 듣고 흘리고 싶지 않아서다.

취재를 해본 사람들은 알겠지만 지면에 실을 수 없거나 보도하지 못하는 이야기가 훨씬 많다. 뉴스는 충분히 사실이라고 믿을 만한 근거가 있는 사실만을 바탕으로 하기 때문이다. 확인할 수 없는 소문이나 의견이 사회 현상의 실마리를 푸는 단서를 제공하더라도 그 자체만으로는 기사로 쓸 수 없다(이를 어기면 가짜뉴스가 된다). 현장에서 느끼는 분위기나 사소한 일화도 마찬가지다. 때로 어떤 단면이 진실을 가리켜도 확실한 근거가 없으면 공공연하게 사람들에게 읽히는 뉴스가 되지 못한다.

내 르포가 실린 잡지가 출간된 지 한 달이 지났을 무렵, 나는 보도하면 다음 날 지면과 온라인에 게재되는 신문사의 기사와 달리 상대적으로 미적지근한 반응에 실망했다. 선배에게 그런 속내를 털어놓자 이런 답변을 들었다. "어쩌면 뉴스가 포털에 검색되는 것 자체가 권력인지도 몰라."

읽히지 않는 글도 어떤 가치가 있을까. 뒤늦게라도 관심을 받아 많은 사람들에게 읽히면 좋겠지만 그러지 못하고 축축하고 무거운 땅 밑으로 가라앉은 기사도 있다. 마음이 착잡하다. 그래서 내가 만든 기사가 어렵게 쓰여도 쉽게 읽혔으면 한다. 언어가 사람과 사람 사이를 연결해주기 위해 탄생한 것처럼, 내 글도 떨어져 있는 누군가들의 사이를 이어줬으면.

시간이 흘러 신문사 동기로부터 "다연아. 잘 읽었다."라는 연락을 받았다. 나는 한동안 책장 한구석에 방치해둔 잡지를 다시 찾아봤다.

알몸의 나 오롯하게

누군가의 딸도 아니고,
합리적인 시민도 아니고,
성실한 직업인도 아닌 알몸의 나.

"잠이 잘 오지 않는 밤에는 옷을 다 벗고 알몸으로 이불 속에 들어가 눈을 감아봐. 부드러운 이불이 살결에 닿으면 마음이 녹아내리고 스르르 잠이 와."

스트레스 때문에 일주일 내내 잠을 제대로 자지 못했다고 털어놓자 친구는 팬티까지 다 벗고 이불속에 들어가보라고 권유했다. 머리를 갸우뚱했지만 잡념을 내려놓고 일단 친구가 시키는 대로 따라 했다.

처음엔 맨살 위로 이불이 닿는 감촉이 낯설었다. 그러다 곧 뻗은 다리와 팔 모양 그대로 감싼 이불이 마치 체온이 느껴지는 누군가의 품처럼 포근하게 느껴졌다. 자정을

여전히 비와 같을까

125

넘기기도 전에 스르르 잠이 몰려왔다. 불과 전날까지만 해도 자세를 이리저리 바꾸고 양 수백 마리를 세도 소용없었는데, 알몸의 내가 오롯이 침대에 눕자 언제 그랬냐는 듯 스르륵 잠에 빠져들었다.

의식이 서서히 몽롱해졌다.

느린 박자로 들이마시고 내쉬는 숨소리가 자장가처럼 들렸다. 암막커튼 사이로 흘러들어온 달빛이 서서히 나를 무의식의 세계로 밀었다. 눈꺼풀이 점점 무거워졌다. 어디선가 소리 없는 총성이 울렸다. 필름이 끊기듯 나는 잠이 들었다.

알몸의 나는 우주를 헤엄치고 있었다. 발이 닿지 않는 깊은 강에서 발길질을 하며 팔을 뻗어 어딘가를 향해 나아가고 있었다. 옷을 다 벗고 있었는데 춥지 않았다. 숨이 가쁘지도 않았다. 아무 소리도 들리지 않는 적막함이 조금 겁났지만, 몸도 마음도 가뿐해 기운이 충만했다.

스스로를 보호하기 위해 하나둘 걸치기 시작한 옷이 이제는 어깨를 짓누르고 손과 발을 무겁게 만드는 기분이 들었다. 우주를 유영하면서 나는 옷들을 마구잡이로 벗어던졌다. 오롯하게 있는 그대로의 나. 그렇게 한참을 헤엄치고 누워 먼발치의 별들을 바라보며 놀았다.

이튿날 아침, 알람이 울리지도 않았는데 눈이 저절로 떠졌다. 커튼을 걷자 대각선 방향에서 아직 모습을 다 드러내지 않은 해가 찬란한 빛을 뿜고 있었다. 상쾌한 아침이었다. 나는 커튼을 열고 팔을 하늘 위로 쭉 뻗어 개운하게 기지개를 켰다.

그날 이후 나는 잠 못 드는 밤이면 따뜻한 물로 샤워를 하고 알몸으로 이불속에 들어간다. 속옷이든 뭐든 24시간 옷을 걸치고 생활하는 일상에서 벗어나 잠을 청하는 밤은 특별하다. 그건 섹스 후에 옷을 챙겨 입지 않고 잠드는 것과는 조금 다르다.

페르소나를 벗어던지고 오롯한 나로 돌아가는 의식.

아무것도 걸치지 않고 잠을 청한다는 것은 나에게 그런 의미다. 성실한 직업인, 믿을 만한 후배, 누군가의 자식, 든든한 형제, 불만을 잘 들어주는 친구, 건전한 사회인, 합리적인 시민 등 우리는 각자 여러 페르소나를 가지고 살아간

다. 수많은 페르소나는 나의 일부지만 그렇다고 나의 전부
는 아니다.

페르소나는 영리하게 관계를 유지할 수 있도록 사람을
보호하는 갑옷이다. 갑옷은 시간이 흐를수록 두꺼워지고
견고해지기 마련이다. 외부에서 날아드는 창으로부터 몸
을 지키기 위해 많은 기능을 가지게 된다. 그러나 그만큼
비대해진 갑옷은 반대로 오롯한 나의 몸을 억누른다. 페르
소나가 커질수록 본래의 나는 시나브로 잠식당한다.

누군가의 딸도 아니고, 합리적인 시민도 아니고, 성실한
직업인도 아닌 알몸의 나. 나는 때때로 격렬하게 불친절하
고 싶고, 하지 말라는 일탈도 해보고 싶고, 예의라고는 모
르는 천진난만한 표정으로 사람들을 곤란하게 만들고 싶
다. 가끔은 내일이 없는 사람처럼 한 푼도 아끼지 않고 월
급을 탈탈 털어 쓰고 싶기도 하고, 재밌고 즐거운 일만 질
리도록 하고 싶다.

나쁜 사람에게는 화를 내고 싶고, 자기의 경험이 세상
의 전부라고 우기는 이들에게는 비웃음을 날려주고 싶다.
아무것도 책임지지 않고 불성실하게 함부로 살아보고도

미안해, 실수로 널 쏟았어

싶다. 하지만 그럴 수 없다는 것을 알기에 옷을 벗는 작은 일탈에 큰 의미를 두는지도 모르겠다.

이러한 바람 또한 오롯한 나의 모습이라고 단정하기는 어렵다. 어쩌면 페르소나가 커진 바람에 심연에서 끓어오른 반작용인지도 모른다. 분명한 것은 나는 가지런하게 정돈된 상태가 아닌 혼란스럽고 무질서한 상태 그 자체라는 사실이다.

시간을 되돌려 2017년 7월 어느 토요일 밤. 모텔방 침대에 알몸으로 누워 있었던 적이 있다. 혼자는 아니었다. 온종일 피곤했는데 누군가와 함께 발가벗은 채로 이불을 덮고 있으니 선뜻 잠이 오지 않았다.

엉킨 실타래와 같은 먹먹함이 명치끝에서부터 단번에 훅 치고 올라왔다. 내일이면 다시는 보지 않을 낯선 사람과 알몸으로 함께 있다는 건 그렇게 기분 좋은 일은 아니다. 낯섦이 설렘으로 느껴지던 시절은 지났다. 충동이 사랑으로 느껴지던 시절은 지났다. 이제는 낯선 장소, 낯선 사람, 낯선 관계가 불안을 부추긴다.

나는 주저하다가 이불 속을 뱀처럼 기어서 빠져나갔다.

이곳, 이 사람, 이 관계에서는 오롯하게 나일 수 없다고 생각했다. 나는 공허한 마음으로 주섬주섬 바닥과 의자에 널브러진 옷을 주워 입었다.

단 하나의 이야기

세상의 관점을
내가 아닌 타인에게
둔다면 어떨까.

친구가 쓴 글에 "모든 사람에게는 단 하나의 이야기만 있다."라는 문장이 있었다. 마음이 뜨끔했다. 세상의 관점을 내가 아닌 타인에게 둔다면 어떨까. 나의 입을 통해서만 서술된 내 모든 연애사가 지금과는 다르게 기록될까. 상상력을 발휘해봤다. 상상을 하는 건 나에게 밥 먹는 일이나 다름없으니까.

#R과 Y의 이야기

스물여섯 살 남자 R. 그는 대학에서 물리학을 전공했다. 글 쓰는 일을 좋아하고 사회 문제에 관심이 많았다. 언론사 기자가 되고 싶어 관련 논술 스터디를 하고 있었다. 그러다 신문 스터디가 필요해 직접 새로 꾸렸다. 그곳에서 여자 Y를 만났다. Y의 첫인상은 평범했다.

스물다섯 살 여자 Y. 그녀는 대학에서 법학을 전공했다. 법조인의 삶이 지루해 보였다. 글 쓰는 일을 좋아했다. 자신의 언어로 글을 쓰면서 월급 받는 일을 하고 싶었다. 그래서 어릴 때 꿈이었던 언론인이 되고자 했다. 언론사 기자가 되기 위해 신문 스터디에 들어갔다. 그곳에서 남자 R을 만났다. R의 첫인상은 평범했다.

남자 R은 침착하고 성실했다. 매일 논술이나 작문을 한 편씩 썼고 책도 즐겨 읽었다. 고전문학을 좋아해 집에는 고전문학 전집이 가지런히 꽂혀 있다. 예술 영화도 좋아했다. 평소 말이 없었다. 자신의 마음을 드러내기보다 마음 속에 담아두는 일이 더 잦았다.

여자 Y는 활달하고 즉흥적이었다. 좋아하는 일은 열심히 하지만 싫어하는 일은 성실히 하지 않았다. 주관이 뚜렷했고 소신이든 고집이든 잘 굽히지 않았다. 집에는 문학 책보다 논픽션이 훨씬 많았다. 미술관을 좋아했다. 표현이

미안해, 실수로 널 쏟았어

풍부한 사람이었다. 마음에 담아두기보다 밖으로 표현하는 일이 많았다.

여자 Y가 먼저 남자 R에게 끌렸다. 하지만 R에겐 해외 여행 중에 만나 사귀게 된 여자친구가 있었다. Y는 마음을 접고 다른 남자를 만났다. 그해 12월, Y는 R이 여자친구와 헤어졌다는 사실을 알게 되었다. Y는 마음이 기울지 않던 남자친구에게 헤어지자고 통보했다. 크리스마스 이브에도 스터디는 진행되었다. Y는 일부러 R에게 남자친구와 헤어졌다는 사실을 말했다. R은 웃었다.

해가 바뀔 때까지 Y는 R에게 자주 연락했다. R은 Y를 보고 귀엽다고 생각했다. 둘은 많은 대화를 나눴고 따로 만났다. R의 집 근처 영화관에서 재개봉한 〈퐁네프의 연인들〉이라는 영화를 봤다. Y는 R이 신경 쓰여 영화에 제대로 집중할 수가 없었다. Y는 내색하지 않으려고 했지만 살짝 긴장했다. 신경이 쓰이긴 R도 마찬가지였다. 침을 삼키는 소리가 귓가에 크게 들렸다.

영화가 끝난 후 둘은 눈이 쌓인 거리를 걸었다. 칵테일 바에 들어갔다. Y는 R에게 잘 보이고 싶었다. 새로 산 짧은 치마를 입었는데 허리 사이즈가 살짝 작아서 불편했다. R도 Y에게 잘 보이고 싶었다. 다크서클을 가리려고 비비크림을 바르고 나왔다. 칵테일바의 살짝 어두운 조명 아래서 Y는 R에게 반했다. 막차시간이 다가오자 R은 말수가 부쩍 줄었다. 주저하던 그는 Y에게 그만 일어나자고 했다.

집에 도착한 Y는 R에게 토라졌다. 다짜고짜 '사람 마음 가지고 장난하는 거냐?' 하고 따졌다. R은 Y와 함께 더 오랜 시간을 보내고 싶었지만 사귀는 사이가 아니니까 그러면 안 된다고 생각했다. Y의 직설적인 표현에 R은 당황했지만 그런 Y가 싫지 않았다. R은 Y에게 오해하지 말라며 다음에 이야기하자고 말했다. 그사이 Y는 무뚝뚝한 R의 마음을 헤아릴 수 없어 애가 탔다. 며칠 후 스터디가 끝난 뒤 두 사람은 따로 만났다. 신촌 거리에서 R은 Y의 손을 잡았다. 그제야 Y는 안도감에 웃음이 나왔다. 그날 R과 Y는 키스를 했다. 추운 날 나눈 따뜻한 키스였다.

해가 지나 스물일곱 살이 된 남자 R, 스물여섯 살이 된 여자 Y. 둘의 연애는 순탄하지 않았다. R과 Y는 서로를 뜨겁게 좋아했지만 둘은 너무 달랐다. R은 표현이 서툴렀다.

자신의 마음을 표현하지 않고 삼키는 일이 많았다. Y는 자신의 마음을 숨기지 않았다. 무엇이든 표현을 해야 직성이 풀렸다. Y는 자신이 상대를 더 사랑한다고 굳게 믿었다. 연애를 하고 있지만 짝사랑을 하는 기분이 들었다. R은 자신의 모든 것을 보여주는 Y 앞에서 말을 삼키고 양보하는 일이 늘었다.

R은 방송국 인턴으로 들어갔다. 구직 활동에서도 좋은 결과가 있었다. Y는 여전히 그대로였다. 시험에서 어떤 좋은 소식도 없었고 우울했다. Y의 응석은 늘어만 갔다. Y는 취업 준비에 집중하고 싶은 R에게 자신이 방해가 된다고 느끼면서도 사랑을 확인받고 싶어 했다. R은 자신에게 중요한 시기에 연애와 취업 둘 다 잘 해내기가 버겁다고 생각했다. 또 Y와의 관계에서 말하지 못하고 켜켜이 쌓인 것들이 큰 부담이 되었다. R은 곧 헤어져야겠다고 생각했다.

Y는 집착이라곤 해본 적 없는 자신이 R에게 매달리는 것처럼 느껴져 힘들었다. 언젠가 헤어질 걸 알았지만 마지막으로 R과 여행을 다녀오고 싶었다. Y는 R에게 여행을 제안했다. R은 그러겠노라 약속했지만 까맣게 잊었다. Y는 R에게 홧김에 헤어지자고 말했다. Y는 후회했고 곧바로 헤

어질 수 없다고 번복했다. 얼마 뒤 R은 Y와 새벽 2시에 다투던 중 헤어지자고 말했다. Y는 안 된다고 매달려도 소용없다는 걸 직감했다. R은 만나고 싶지 않다고 했다. Y는 한 번만 만나달라고 애원했다.

이별 후에 두 사람은 만났다. Y는 끝까지 자신이 더 많이 R을 사랑했다고 믿었다. Y는 왜 헤어지자고 했는지, 둘의 관계에서 자신이 잘못한 게 있다면 무엇인지 말해달라고 부탁했다. R은 끝까지 말을 삼켰다. 그는 Y에게 "네가 잘못한 건 없어."라고 했다. 따뜻한 봄날이었다. 맑게 웃는 커플들 사이에서 Y는 눈물을 흘렸고 R은 쓸쓸한 낯빛으로 그녀 옆에서 나란히 걸었다.

이별한 날 밤, Y는 처음으로 R의 집에 갔다. 단정하고 깔끔해 너무도 R다운 곳이었다. Y는 고전문학이 꽂혀 있던 책장을 보고 깨달았다. Y와 R은 비슷했지만 달랐다. 닮았지만 같지 않았다. Y는 R의 이별 통보를 마음으로 받아들였다. 둘은 어두운 집에서 한참을 끌어안고 있었다. 밤이 지나면 영원히 만날 수 없을 테니 죽을 만큼 고통스럽고 아픈 이별이었다. R은 Y에게 헤어지지 말자고 할 수 없었지만 오늘 밤은 자고 가라고 했다. R로서는 처음이자 마지막으로 자신의 마음을 적극적으로 표현한 것이었다. 하지만 Y는 거절했다. 그러면 영영 R을 놓아주지 못할 것 같았다. Y는 R과 마지막 포옹을 한 뒤 집 밖으로 나왔다. 둘은 그렇게 헤어졌다.

R은 그해 인턴을 마무리하고 시험을 치르러 다녔지만 좋은 결과를 얻지 못했다. 그러다 이듬해 경제 전문 매체에 기자로 입사했다. Y는 그보다 1년이 지난 뒤에 지역 신문사에서 기자로 첫발을 내디뎠다. R과 Y는 연애할 때 속삭이던 각자의 꿈을 이뤘다. 하지만 사랑은 이루지 못했다. 둘은 각자의 길로 갔다.

이야기 끝.

아무리 타인의 관점에서 쓰려고 해도 이야기의 방향은 크게 달라지지 않는다. 헤어나기 힘든 이별이었던 만큼 나는 수백 번 그 시절로 되돌아가 기억을 리플레이하고, 그가 끝끝내 말해주지 않던 진심을 헤아려보려고 노력했다. 그러나 그건 오만이었다. 내 기억의 모양도 해마다 조금씩 바뀌는데 과거 어느 순간에 머물렀던 그의 마음까지 읽는다는 건 애초에 말이 안 되는 일이었다.

앞서 소개한 친구는 자신의 글에 "사람들이 사랑을 경험하고 이해하며 다 알고 있다고 느낀다."라고 적었다. 단하나의 이야기만 있다고 믿기 때문에 마치 사랑을 다 안다고 착각에 빠진다는 것이다. 그러면서 "사랑은 이별 후에야 이해할 수 있다."라고 덧붙였다. 난 그 말을 인정하기 싫었다. 그리고 지금에 와서야 "모든 사람에게는 단 하나의 이야기만 있다."라는 그의 말을 이해할 수 있게 되었다.

사람은 여러 개의 이야기를 가질 수 없다. 자기 자신을 벗어나 완벽하게 타인이 될 수 없다. 타인의 입장에서, 타인의 눈으로 세상을 본다는 것은 죽을 때까지 풀지 못하는 최고 난이도의 숙제다. 사랑은 사람과 사람 사이의 교집합을 향해 달려가는 그 어떤 '상태'가 아닐까. 이해할 수 없지만 이해하려고 노력하고, 알지 못하지만 그럴 것이라고 지레짐작하며 나아가는 상태 말이다. 문득 다른 사람들에게 나는 어떤 이야기일지 궁금해졌다.

비는 언젠가 그치게 돼 있어

삼십대의 사랑은
어떤 모습으로 찾아올까.
여전히 비와 같을까.

사랑에 대한 기억을 되짚을 때마다 비가 창문을 타고 흘러
내리는 장면이 떠오른다. 매일매일 반복되는 하루가 아닌
특별한 어느 날, 얼마간 내리고 그치는 비는 사랑이 찾아
오고 떠나는 모습과 닮았다.

예고 없이 마음에 불어온 사랑은 갑작스럽게 내리는 비
처럼 나를 당황시킨다. 우산 없이 마주한 소나기는 발걸음
을 붙잡았고, 연애할 여유도 없이 바쁠 때 다가온 사랑은
목표를 향해 매진하는 삶이 세상의 전부가 아니라는 사실
을 알려주었다.

연애하는 과정에서 부딪히는 감정 변화는 보름 남짓 내

렸다 그치기를 반복하는 장마와 같다. 둘이라서 행복했던 시간은 장마 기간에 잠시 모습을 비친 햇살처럼 따스해 일상을 풍요롭게 했다. 하지만 비는 소리 소문 없이 자취를 감춘다. 사랑이 달아날 때와 마찬가지로 비 역시 그칠 땐 '어느새' 멎는다.

하늘이 맑게 개면 온 세상이 말갛고 환하게 느껴지지만 마음은 비가 남긴 여운 때문에 아릿하다. 사랑은 먹구름 떼로 몰려와 느닷없이 쏟아졌다가 어느새 사라진다. 비는 언젠가 그치게 돼 있다. 사랑이 남긴 슬픔은 비가 내렸는지도 모를 만큼 날이 맑게 갰을 때 느껴지는 서운함과 비슷하다.

옛날 사람들에게 비는 하늘이 내린 축배이자 동시에 형벌이었다. 이십대 때 나의 사랑도 그랬다. 폭우로, 장마로, 물난리로, 얼마나 많은 사람들이 애를 태우든 비는 언젠가 그쳤다. 사람들은 비가 그치고 수습하는 동안엔 비를 선명하게 기억했다. 그러나 시간이 지나면 비는 사람들의 기억 속에서 흐릿해졌다.

사랑도 언젠가 그쳤다. 사랑이 남긴 흔적을 수습하는

동안에 나는 가시에 손가락을 찔린 사람처럼 선명한 통증으로 사랑을 기억했다. 그러나 두 달, 열 달, 스무 달이 지나자 사랑은 점점 흐려졌다.

삼십대의 사랑은 어떤 모습으로 찾아올까. 여전히 비와 같을까. 아니면 다른 모습으로 나타나 나를 당황하게 만들까. 어떤 모양이든 어떤 색깔이든 좋다. 찾아와준다면 반갑게 또 환하게 두 팔 벌려 맞이할 테니까.

여전히 비와 같을까

테라스하우스

차라리
청춘이 아니었다면

#1

신촌역 3번 출구를 나와 창천교회 앞 골목에서 꺾어 200m
쯤 더 가면 반지하에 테라스하우스가 있다. 6명의 젊은 남
녀가 공동생활을 하며 서로를 탐색하고 사랑을 갈구하는
곳, 테라스하우스.

넓고 쾌적한 집, 깨끗한 식기, 예쁘고 아늑한 침실, 번
쩍이는 고급 자동차, 마당에 있는 풀장, 잘 설계된 야외 온
천. 테라스하우스 입주자들은 모든 것이 완벽하게 구비된
곳에서 사랑만 하면 된다.

문이 열리고 하나둘 나타나는 얼굴들. 빨갛게 상기된

볼. 어색한 인사. 환상적인 곳에서 벌어지는 여섯 남녀의 눈부신 청춘 다큐멘터리.

#2

사랑 빼고 없는 건 없는 테라스하우스.

　꿈을 가진 청년들은 불안한 미래를 털어놓고 서로의 눈물을 훔치고 사랑을 갈구한다. 데이트 신청을 하고, 거절당하고, 서로의 고민에 공감하며 사랑에 빠진다. 너무도 완벽한 테라스하우스. 청년들의 고민은 테라스하우스 밖 남루한 고민보다 찬란하다.

#3

보증금 200만 원에 월세 45만 원짜리 반지하의 연인은 〈테라스하우스〉 프로그램을 보며 낄낄거리다 웃음을 거둔다. 15인치 노트북에 담긴 테라스하우스는 스페이스바 클릭으로 일시 정지되는 환상의 세계.

　누렇게 변색된 이불에 떨어진 새우깡 부스러기, 방향제를 뿌려대도 날아가지 않는 쿰쿰하고 습한 곰팡이 냄새, 이 빠진 사기그릇, 부엌과 화장실과 침실의 경계 없이 뭉쳐 있는 방, 계단을 올라가면 마당 대신 도로, 거리엔 취객들이 뱉은 가래침.

여자는 방 밖으로 나간다. 몇 걸음만 떼면 나오는 길거리. 쇳소리 나는 우편함에서 구겨진 전기요금 고지서를 들고 온다. 남자는 그사이 이불을 털고 1천냥 하우스에서 산 방향제를 뿌린다. 곰팡이 냄새와 뒤섞인 인공적인 장미향이 반지하에 퍼진다.

#4

스페이스바를 누르자 재생된 〈테라스하우스〉.

형광등 꺼진 반지하에는 노트북 화면만 빛나고, 테라스하우스 입주자들이 깨끗한 소파와 따뜻한 조명 아래서 서로의 마음을 확인한다. 그동안 반지하 입주자들은 새우깡 맛 키스를 나눈다.

#5

그깟 사랑도 못해, 저렇게 환상적인 곳에서. 여자가 말한다. 그깟 사랑이 아닌가 보지. 남자가 답한다. 남자가 여자의 가슴에 얼굴을 묻는다.

우리가 나가자, 〈테라스하우스〉. 두 달만, 딱 두 달만 살다 오자. 여자가 남자의 목덜미를 뒤로 당겨 서로의 눈이 마주한다. 남자가 서글픈 미소를 짓는다.

일본어를 못해서 안 되겠다. 여자가 다시 남자를 품에 끌어안는다.

#6

테라스하우스 입주자들은 눈치도 없이 넓은 주방에서 요리를 하며 시시덕거린다. 창천교회 앞 골목에서 200m쯤 가면 나오는 반지하에는 남루한 테라스하우스가 있다. 2명의 젊은 남녀가 공동생활을 하며 서로를 탐색하고 사랑을 갈구하는 곳, 테라스하우스. 그 눈부신 청춘 다큐멘터리.

차라리 청춘이 아니었다면.

그 여자

사람들의 발길이
향하는 곳을 따라가니
대림미술관이 나왔다.

우리는 자신에 대해 얼마나 잘 알까. 불과 1년 전만 해도 나는 스스로에게 어떤 확신이 있었던 것 같다. 누구보다 자기 자신을 잘 안다는 믿음. 그런데 확고했던 마음이 점점 흔들린다. 자기 자신에 대한 확신조차 오만일지 모른다는 의심이 자란다. 확신의 자리를 의심이 채운다.

가을바람이 무척 차게 느껴지고 팔꿈치가 으슬으슬해지는 날이었다. 나는 카페에서 책을 읽다 말고 나와 무작정 지하철을 탔다. 오래전부터 보고 싶었지만 이런저런 일로 바빠서 미뤘던 전시회에 가기 위해서였다. 오후의 노란

햇살이 덜컹거리는 지하철 창으로 쏟아졌다. 아, 아늑하다. 장롱에서 막 꺼낸 누비이불을 덮은 것처럼 햇살이 따뜻했다.

경복궁역 3번 출구를 나와 사람들의 발길이 향하는 곳을 따라가니 대림미술관이 나왔다. 미술관 앞은 사진 찍는 사람들로 붐볐다. 대림미술관은 규모가 큰 편은 아닌데 전시 콘셉트가 대체로 대중적이고 감각적인 데다 접근성이 좋아 늘 사람이 많다.

이번 전시회를 포함해 최근 몇 년간 다녔던 미술관 전시회는 일방적으로 '예술'을 강요하지 않았다. 예술성과 대중성이 함께 손뼉을 마주한 느낌. 과거의 미술 전시회가 대중에게 일방적으로 자신들의 예술을 보여줬다면 요즘 전시회는 친숙한 모습으로 대중과 함께 호흡한다. 전에는 미술관을 가기 위해 평소 안 하던 공부를 하는 사람이 많았다. 하지만 요즘에는 커피를 마시듯 가벼운 기분으로 미술관에 방문해 스마트폰으로 오디오를 들으며 작품을 즐기는 사람도 많다.

나는 영감을 얻기 위해 종종 미술관을 찾는다. 미술 작품에 조예가 있거나 미술사에 관심이 있어서가 아니다. 오

여전히 비와 같을까

147

감으로 작품을 느끼기 위해서다. 예술이 뭐 그렇게 대단한 거라고 소화하기 어려운 말을 오독오독 씹어 먹으면서까지 찾아야 하나. 무엇이든 자연스럽게 익히는 것이 좋다.

첫걸음에는 예술이 무엇인지 모른 채로 가도 된다. 미술관을 밥 먹듯 다니면 저절로 마음속에 그려지는 원이 있다. 나는 그게 예술을 느끼는 감각이라고 생각하는데, 그 원이 붓에서 떨어진 먹처럼 마음속에 서서히 번지면 진부했던 일상이 새롭게 환기된다.

대림미술관에서 본 전시회는 2018년 8월부터 시작한 스페인 사진작가 코코 카피탄의 〈나는 코코 카피탄, 오늘을 살아가는 너에게〉였다. 사진, 설치미술 등이 뒤섞인 전시회였는데 몇몇 사진들이 특히 인상 깊었다. 비슷한 기간에는 대림미술관과 같은 재단이 만든 디뮤지엄의 〈Weather : 오늘, 당신의 날씨는 어떤가요?〉가 열렸다. 이 역시 코코 카피탄의 전시와 비슷하면서도 다른 점이 있어 비교해 보는 재미가 쏠쏠했다.

우스운 일은 관람을 마치고 기념품 매장을 구경하던 중에 일어났다. 기념품 매장에서 제품들을 보는 데 빠져 앞

사람과 부딪힌 것이다. 스윽 훑어보는데 놀랍게도 나와 똑같은 체크무늬 재킷을 입고 있었다. 같은 옷을 입은 사람과 마주치는 일은 왕왕 있었지만 만날 때마다 늘 민망한 건 어쩔 수 없었다.

나는 서둘러 자리를 비키려고 했다. 그때 슬쩍 상대방의 얼굴을 봤는데 차가워 보였다. 인상이 강렬했다. 나는 눈이라도 마주칠까 고개를 수그리고 옆으로 비켜섰다. 그런데 눈앞의 이 여자도 나를 피하려다 또 서로 부딪힌 것이다. 나는 뒷사람이 다가오는 게 보여 급하게 앞으로 가려다가 쿵 하고 다시 머리를 박았다.

정신을 차리고 보니 눈앞에 있는 것은 사람이 아니라 거울이었다. 세상에, 이런 일이 일어날 수 있다는 게 말이나 되는가? 타인이라고 생각하며 흘겨봤던 여자는 나와 같은 체크무늬 재킷을 입은 나 자신이었다. 너무 기가 막히고, 스스로조차 거울인 걸 인지하지 못했다는 사실이 황당해 얼굴이 화끈거렸다. 나는 이런 내 모습을 본 사람이 없는지 주위를 둘러보고는 성급히 자리를 떴다.

내 얼굴을 타인의 관점에서 보는 일이 가능할까, 상상했던 적은 있었는데 이런 일을 겪을 줄은 몰랐다. 얼굴을 보고도 스스로를 알아보지 못한 까닭은 무엇이었을까. 어떻게 그 순간 눈앞의 여자를 내가 아닌 타인이라고 확신했을까.

전시를 막 둘러보고 온 터라 분위기에 취해 있던 탓도 있을 것이다. 그래도 그렇지 어떻게…. 나는 얼이 빠진 채로 미술관이 있는 골목을 나왔다. 입꼬리가 씰룩였다. 주변의 시선을 신경 쓸 겨를도 없이 웃음이 터졌다. 세계가 묘하게 일그러진 것처럼 느껴졌다.

문득 전시회에서 봤던 작품이 떠올랐다. 폭스바겐 자동차 트렁크에 흘러내리는 하얀 액체를 담은 사진이었다. 전시회 오디오에는 작가가 이 액체를 샴푸라고 말했을 때 대림미술관 관계자들이 깜짝 놀랐다는 일화가 담겨 있었다. 그 작품이 성적 페티시즘을 연상시키는 고정적인 이미지를 뒤집었기 때문이다. 거울 속 여자의 옷은 알아보면서도 정작 내 얼굴을 보고 낯설게 느낀 것도 이런 이유 때문은 아니었을까. 그동안 나는 고정관념을 가지고 거울을 통해 내 얼굴을 봐온 것이다.

메신저 프로필에 그간 올렸던 사진들을 찾아봤다. 휴

대전화에 저장된 사진들도 뒤져봤다. 비슷한 자세, 똑같은 각도, 엇비슷한 미소. 내가 가지고 싶었던 얼굴은 셀카에 찍힌 그 얼굴이었다. 하지만 타인의 시선으로 본 나의 첫인상은 평소 생각했던 스스로의 이미지와는 달랐다. 나는 내가 꽤 부드러운 인상이라고 생각했다. 기억에 선명하게 남지 않을 만큼 흔한 이미지라고 확신했다. 이제껏 남들에게 그런 얼굴이라고 들어서다.

곰곰이 생각해보니 그 말조차도 믿을 수 없다. 내가 만들고 싶은 얼굴, 내가 보여주고 싶은 모습에 대한 이야기만 귀담아 들었던 것 같다.

머릿속이 엉망이 되었다. 이제까지 알고 있던 나는 어디로 갔을까. 사람들이 나를 보며 첫인상에 압도되었다고 했던 말들이 결코 좋은 뜻만은 아니었나 보다. 사귀었던 남자친구들이 가끔 내가 서늘하다고 했을 때도 농담이 아니었던 것이다. 난 내가 생각한 것처럼 온화한 인상을 가지지 않았고, 만만해 보이는 사람은 더더욱 아니었다.

토끼굴에 다녀와 잠이 깬 이상한 나라의 앨리스처럼 나는 뒤집어진 세계를 경험하고 돌아왔다. 집으로 돌아오는

다리 위에서 서쪽으로 떨어지는 해가 왼편에서 나의 얼굴을 비추었다.

나를 잘 안다고 여겼던 믿음이 산산조각 났다. 도대체 나는 어떤 사람일까. 죽을 때까지 답을 찾지 못할 수도 있는 질문을 던졌다. 새삼스러운 하루였다.

미안해,
실수로
널 쏟았어

울프에게
묻다

엄마의 가난이 내게 남긴 것

오늘 꿈을 꿨다.
꿈에서 엄마가 죽었다.

새벽 5시 45분. 해가 뜨기 직전 가장 깊고 어두운 밤. 손을
뻗어 급하게 휴대전화를 찾아 엄마에게 전화를 걸었다. 신
호음 끝에 들리는 부드러운 목소리에 안도했다. 꿈에서 엄
마가 죽었다. 동생은 건넛방에서 들리는 흐느낌 때문에 무
서워서 잠이 깼다고 했다. 나는 꿈인지 현실인지 구분하지
못할 정도로 슬펐다.

  2014년 5월 14일, 엄마가 갑자기 쓰러졌다. 뇌졸중이었
다. 순천에서는 수술할 수 없는 병이었다. 그래서 응급처
치를 마치자마자 구급차를 타고 광주로 향했다. 신속한 대
처에 따라 결과가 달라질 수 있는 상황이었고, 천만다행히

도 운이 좋았다. 엄마는 광주에 도착하자마자 수술을 받을 수 있었다.

그날 이후 어느 날 갑자기 엄마가 내 인생에서 사라져 버릴지 모른다는 불안감을 가지게 되었다. 엄마는 수술을 한 이듬해에도, 또 그다음 해에도 뇌출혈 가능성이 있는 혈관에 시술을 받았다. 엄마가 이 세상에서 사라질 수 있다는 공포가 나를 사로잡았다.

엄마의 일부는 내 삶의 뿌리가 되었다. 엄마에게 '나'는 자신이 피우지 못했던 꽃을 다시 피우는 새싹이었고, 나에게 '엄마'는 뿌리였다. 나는 엄마라는 뿌리를 통해 척박한 토양에 발을 붙였다. 나쁜 것은 뱉고 좋은 영양분만 쏙쏙 빨아들였다. 뿌리는 나를 더욱 튼튼하게 만들었다.

엄마는 나를 특별하게 생각한다. 딸보다 아들을 더 챙기던 옛날 엄마들의 모습과 사뭇 다르다. 나는 막연히 추측한다. 엄마는 자신이 이룰 수 없었던 많은 꿈들을 딸이라는 대리인을 통해 이루고 싶었던 건 아닌가. 본인의 삶에 만족하더라도 시간과 육체의 한계를 넘어 '나'로 다시 태어나 새롭게 살고 싶었던 건 아닌가.

나는 여섯 살 때부터 6년간 피아노를 배웠다. 그러나 악기 연주에 재미를 느끼지 못했다. 그것은 엄마의 꿈이었다. 엄마는 피아노를 치는 섬마을 선생님이 되고 싶었다. 어릴 적에 피아노를 배우고 싶어 외할머니에게 졸랐지만 허락받지 못했다. 아들만 가르치면 된다고 믿었던 외할머니는 살림이 넉넉했던 시절에도 딸들을 위한 교육에 돈을 쓰지 않았다. 그런 사연을 알고 있었지만 나는 엄마의 간절한 바람을 이뤄줄 수 없었다. 엄마는 6년이나 지난 후에야 깨달았다. 딸은 결코 엄마가 될 수 없다는 걸.

엄마의 또 다른 꿈은 간호사였다. 고등학교를 졸업하고 일을 하던 엄마는 번 돈을 차곡차곡 모아 간호학원에 다닐 등록금을 마련했다. 하지만 외할아버지가 갑작스레 쓰러지면서 모은 돈을 생활비로 써야 했다. 엄마의 20대는 넉넉했던 유년 시절과 달리 힘들었다. 언젠가 나는 엄마에게 물었다. 보증으로 재산을 모두 잃어버린 외할아버지를 원망하지 않았냐고. 엄마는 망설임 없이 답했다. "전혀."

엄마는 가난했지만 스스로 불행하다고 생각해본 적은 없다고 했다. "내가 다른 사람에게 쌀 달라 구걸하지 않는데 가난하다고 해서 주눅들 게 뭐 있니?" 엄마의 그 말은 내 마음에 파동을 일으켰다. 스스로에게 부끄럽지 않은 게 중요하다는 것은 내 삶의 기준이 되었다.

엄마는 '가난을 극복했다.'라는 표현을 싫어했다. "그 시절엔 다 각자의 자리에서 열심히 살았어. 푼돈이라도 벌어서 먹고살겠다고 엄마는 인형에 눈알을 붙이고, 나는 회사에 다녔지. 동생들은 장학금을 받으려고 애썼고, 결혼한 언니도 많이 도와줬어." 엄마는 가난이 자신의 삶에 큰 영향을 주지 않았다고 말했다. "잘사는 때가 있으면 어려울 때도 있는 법이야. 남들하고 비교해서 뭐하니. 마음에 병만 생기지."

분명 그 시절은 엄마의 인생에 변곡점이 되었다. 엄마는 여성이라는 이유로 딸들에게 교육을 시키지 않았던 외할머니를 나무랐다. 외할머니는 미래를 내다볼 줄 몰랐다. "딸들에게 교육을 시켰으면 갑자기 집안 사정이 어려워졌을 때 큰 힘이 됐을 텐데. 깨달았을 땐 너무 늦었지."

엄마의 가난은 아이러니하게도 내게 혜택으로 돌아왔다. 피아노를 배우지 못했던 엄마의 아쉬움으로 나는 수많은 배움의 기회를 얻었다. 전문직업을 가진 여성이 되고 싶었지만 이루지 못한 엄마의 꿈은 내가 스스로 길을 찾아가는 데 버팀목이 되었다. 누군가 세상의 잣대로 나에게 함부로 "꿈보다 현실을 택해."라고 핀잔을 주거나 "적당히 일이나 하다가 시집이나 가라."라고 하면 엄마는 나보다 더 심하게 화를 냈다.

주변 사람들은 엄마의 딸로 태어난 나를 무척 부러워했다. 그들이 말하지 않아도 나는 안다. 같은 환경이더라도 내가 엄마를 만나지 않았다면 알지 못했을 세계가 분명 있다. 엄마를 내 삶의 지지자로 만난 일은 우연이지만 큰 행운이었다. 그래서 내가 이 행운을 누린 것이 우연인 것처럼 나도 누군가에게 우연한 행운이고 싶다.

온갖 상상력을 동원해도 나는 '가난'을 온전히 이해할 수 없다. 가난으로 인해 뺏긴 기회, 가난으로 인한 서러움, 가난이 남긴 마음의 상처. 그런 겪어보지 못한 슬픔을 이해한다고 한다면 그것은 오만이고 위선이다.

엄마는 가난이 자신에게 큰 영향을 미치지 않았다고 했지만 그건 거짓말이다. 가난은 엄마의 뼛속까지 스며들었고, 가난한 시절의 상처는 삶의 방향을 바꿔놓았다.

종종 꿈에서 20대의 엄마를 만난다. 단칸방에서 여섯

식구와 부대껴 살던 스물다섯 살의 엄마. 나보다 앳된 엄마의 얼굴엔 원망과 분노 대신 숙연한 인내가 있다. 나는 안쓰러워 엄마의 두 손을 마주 잡고 말한다.

"엄마의 상처를 나에게 물려주지 않아서 고마워. 엄마의 상처가 만든 단단한 마음과 용기를 전해줘서 고마워. 엄마는 내게 큰 행운이야."

가난이 엄마에게 남긴 것. 그리고 그것이 다시 내 안에 들어와 만든 문장들이 있다. '현재의 부족함이 미래를 결정하는 잣대가 될 수 없다.', '가난하다고 해서 위축될 필요도 없고 풍족하다고 해서 모두 자기 덕분인 것은 아니다.' 이 문장들은 뜨거운 숨결이 되어 무르고 유약한 내 마음에 고르고 탄탄한 땅을 일궜다.

오늘 꿈을 꿨다. 엄마가 죽었다. 나는 저승사자에게 죽음을 선고받은 엄마의 몸을 붙들고 서럽게 흐느꼈다. "나는 아직 엄마를 보낼 수 없어." 그 말을 수십 번 되풀이했다. 2014년 5월, 중환자실에서 엄마는 허공에 대고 "난 아직 죽을 수 없어요. 내 아이들에게 더 해줄 게 있단 말에요."라고 중얼거렸다. 의료진의 우려와 달리 엄마는 빠른 속도로 회복했다. 엄마와 나는 각자의 이유로 아직 서로를 놓아줄 수 없다.

좀 더 단단해지려고 한다. 척박한 땅에 깊은 뿌리를 내리고, 튼튼하고 거대한 줄기를 하늘로 뻗어 올린 나무 같은 사람이 되고 싶다. 타인의 고통을 온전히 이해할 수 없을지라도 고통이 반이 되고 또 반의반이 될 때까지, 누군가의 삶에 빛을 흩뿌리는 문장을 쓸 것이다. 그때까지 수천 번 흔들릴 나를 붙들어줄 든든한 버팀목이 계속 곁에 함께하기를 간절히 기도한다.

백년을 관통한 울프의 목소리

100년 후의 여성들에게 보내는
버지니아 울프의 메시지가
묘하게 마음을 울렸다.

사람들을 만나지 않은 지 3주째다. 그동안 온전한 나로서
충만함을 느낄 수 있는 시간을 보냈다. 책을 읽고, 상념에
젖고, 미래에 대한 불안에 몸을 부르르 떨고, '한 치 앞도
모르는 인생, 오늘만 생각하자.' 하고 생각하며 낙관하기를
반복했다.

따뜻한 차를 줄 세우고 오늘은 자몽차, 내일은 유자차
를 마시자며 티타임 계획을 세우기도 했다. 커피를 마시면
서 글을 쓰자, 스스로 약속했지만 커피만 마시고 쓰지 않
은 날이 더 많았다.

버지니아 울프의 『A Room of One's Own』을 읽었다. 국

내엔 『자기만의 방』으로 출간되어 그간 나는 제목만 보고 이 책을 멀리했다. 크게 오독이라 할 정도의 번역은 아닌데 원제와 사뭇 다른 느낌을 준다.

이 책은 1928년 10월 버지니아 울프가 '여성과 픽션'이라는 주제에 대해 강연한 내용을 담고 있다. 강연 요청을 받은 이후 사유의 과정이 담겨 있다. 버지니아 울프는 "별로 중요해 보이지 않는 한 가지 의견"이라고 이야기하며 "여성이 픽션을 쓰기 위해서는 돈과 자기만의 방이 있어야 한다."라고 했다.

20세기가 막 시작될 무렵, 영국에서 살던 버지니아 울프는 강연을 준비하기 위해 대학 도서관에 들어가려 하지만 실패한다. 도서관 관리인으로부터 "여성은 대학 연구원과 동반하거나 소개장을 소지하지 않으면 도서관에 들어갈 수 없다."라는 말을 들었던 것이다.

19세기까지 여성은 재산을 가질 권리도 없었고, 혼자서 여행을 갈 수도 없었으며, 결혼할 남자를 선택할 수도 없었다. 하다못해 혼자서 생각하고 글을 쓸 수 있는 자신만의 공간조차 가질 수 없었다. 이러한 내용은 제인 오스틴의 소설에도 잘 드러나 있다.

이 책에서 인상 깊었던 부분은 나뭇잎이 떨어지던 가을 런던 대영박물관 서가에서 버지니아 울프가 여성에 관한 책 목록이 적힌 종이를 받아 들었을 때다. 울프는 1년 동안 남성에 의해 저술된 여성에 관한 책이 얼마나 많은지 언급한다.

그녀는 "여러분이 어쩌면 우주에서 가장 많이 논의되는 동물이라는 사실을 알고 있습니까?"라고 강연장을 찾은 여성들에게 말했다. 이들 책이 여성을 대상화했다는 점, 저술한 사람들이 압도적으로 남성이 많았다는 점, 시대적 배경이 20세기 영국이라는 점이 흥미로웠다.

버지니아 울프가 서가에서 발견한 글들의 주제는 '여성의 매력', '여성의 두뇌가 작음', '여성의 몸에 털이 더 적음', '여성의 정신적·도덕적·신체적 열등성', '여성의 아이들에 대한 사랑', '여성의 허영심', '여성에 대한 ○○○(남성)의 견해' 등이었다. 여성에 관한 이야기를 남성만이 말하는 것은 지배권력층인 남성이 여성을 대상화해 평가한다는 의미다.

울프는 셰익스피어에게 셰익스피어와 비슷한 재능을 지

닌 여동생이 있다고 가정한다. 내면에 같은 보석을 가지고 있어도 상상 속 여동생은 셰익스피어와 같은 위대한 작가가 되지 못한다. 학교에 다니지도 못하고, 몰래 책을 읽으면 부모에게 꾸지람을 듣기 때문이다. 십대 때 이웃집 남자와 원치 않는 약혼을 하게 되고, 결혼을 거부하면 아버지에게 심하게 맞는다. 꿈을 이루기 위해 가출해 연극 무대 입구를 서성이지만 여성은 할 수 없는 일이라며 비웃음을 받는다.

재능을 훈련받을 수 없는 환경은 그녀를 무능력하고 무기력하게 만든다. 자신을 동정하던 신사의 아이를 임신한 사실을 알게 된 그녀는 겨울밤 스스로 목숨을 끊고 엘리펀트 앤 캐슬 바깥쪽 어딘가에 묻힌다. 이 모든 것은 버지니아 울프의 상상 속 이야기지만 자신의 인생을 살지 못했던 당대 여성들의 삶을 적나라하게 보여준다.

제인 오스틴은 버지니아 울프보다 100년 정도 일찍 살다 간 영국의 작가다. 제인 오스틴에겐 울프가 말한 'A Room of One's Own'이 없었다. 당시엔 여성이 자기만의 방을 갖는 것은 부모가 보기 드문 부자이거나 대단한 귀족이 아니라면 불가능한 일이었다. 제인 오스틴의 조카는 훗날 "어떻게 숙모님이 이 모든 것을 이루어낼 수 있었는지 놀라울 따름입니다."라면서 "숙모에겐 종종 찾아갈 만한 독립된 서재가 없었고, 대부분의 작품을 공동의 거실에서 온갖 종류의 일상적인 방해를 받으며 써야 했기 때문이죠."라고 회상했다.

'A Room of One's Own'은 단지 '자기만의 방'이 아니다. 나는 '역사 속에서 여성의 자리'라고 해석해야 한다고 본다. 수적으로 다수임에도 불구하고 여성은 늘 역사에서 배제되었다. 인류의 탄생과 더불어 모든 성(性)이 함께 만든 역사에서 여성의 삶은 귀족(양반), 평민, 노예 등 계급을 막론하고 기록이 많지 않다. 그나마 현존하는 역사 속 여성에 대한 기록은 지배권력인 남성을 통해 전해진 것들이거나 사후에 우연히 발견된 것뿐이다.

여성 스스로의 목소리로 말하는 삶의 기록은 손에 꼽을 정도다. 18세기 영국 사교계에선 문학에 취미를 가진 여성들을 '끼적거리려는 참을 수 없는 욕망을 가진 블루스타킹'이라며 조롱했다.

책을 집어 든 곳은 스산한 바람이 부는 연남동의 작은 동네책방이었다. 그날 이력서를 넣은 회사로부터 2차 전형 불합격이라는 통보를 받았다. 길가에 나뒹구는 마른 낙엽이 제자리를 찾지 못하고 안절부절못하는 모습이 내 처지 같았다.

나는 동네책방에만 판다는 민음사의 쏜살문고 시리즈를 직접 보기 위해 돌아다녔다. 처음 들어간 동네책방엔 김승옥의 『무진기행』이 있었다. 끌리지 않았다. 모퉁이를 돌아서 또 다른 책방에 들어갔다. 그곳에서 버지니아 울프의 『A Room of One's Own』을 발견했다. 전에 읽었던 버지니아 울프의 소설이 인상적이지 않아서 그녀의 책을 다시 읽을 일은 없을 거라고 생각했는데, 그날따라 책에 손이 갔다. 그리고 오늘에 와서야 100년 전 지구 반대편에서 살다 간 버지니아 울프의 문장을 읽었다.

"100년이 지나면 이 가치들은 완전히 변하겠지요. 더욱이 앞으로 100년이 지나면 집 문 앞에 이르러 생각하건대, 여성은 보호받는 성이기를 그만둘 것입니다. 필연적으로 그들은 한때 자신들에게 허용되지 않았던 모든 활동과 힘든 작업에 참여할 것입니다."

100년 후의 여성들에게 보내는 버지니아 울프의 메시지가 묘하게 마음을 울렸다. 증오나 두려움에 휘둘리지 않고 자신이 본 그대로의 사물을 고집하던 한 여성의 목소리가 혼탁한 정신을 맑게 했다. 단단하고 부드러운 무언가가 내 심장을 관통했다.

미안해, 실수로 널 쏟았어

코르셋을 벗는 일

여자다움과
남자다움의 옷을 벗고도
즐겁게 살 수 있다.

한국 사회에서 여성으로 살아가면서 여자다움을 강요받지 않은 사람은 없다. 여자다움이 미덕이라는 말을 듣고 자란 탓에 어릴 때 나는 여자답지 못한 자신을 남들이 미워하지 않을까 고민해야 했다. 부모님은 그런 쪽으로 예민한 감수성을 가진 분들은 아니었다. 나에게 "여자답게 굴어."라고 말하지는 않았지만 화가 나도 참거나 큰소리로 싸우지 말고 부드럽게 말할 것을 요구했다. 그런 요구는 여성성을 버리거나 나다움을 버리라고 강요하는 것과 같아 어릴 적 나는 늘 침울했다.

젠더 문제에 관심이 많았다. 십대 때부터 동네 도서관

에서 젠더에 관한 책들을 읽었다. 대학에 입학해서는 여성학, 페미니즘과 정신분석학 수업 등을 들었다. 페미니즘 수업을 들으면서 대학생이 되길 잘했다고 처음으로 생각했다. 당시에는 외모, 성별, 피부색 등을 빌미로 차별받는 것이 왜 부당한지 공부하고 고민할 수 있는 기회를 누리는 것 자체가 특권처럼 느껴졌다. 책과 강의를 통해서, 나는 '자신이 선택할 수 없는 신체적 특성이 나다움에 족쇄를 채우는 것은 부조리하다.'라는 생각을 했다.

어릴 땐 화를 자주 냈다. 사람들은 그런 나를 이해하지 못했다. 나는 "여자가 짧은 치마를 입으면 성범죄를 당할 수 있다."라고 말하는 주변 어른들에게 화를 냈다. 그런 나에게 드세다고 말하는 사람이 있다면 왜 남자에게는 드세다고 묘사하지 않느냐고 또 화를 냈다. 나는 젠더 문제에 관해 감수성이 아주 예민한 아이였다. 어른들은 나를 어려워했다. 까다롭고 잘난 척하는 애라고 여겼다.

예민하고 까다로운 감수성은 나의 타고난 기질이었다. 그런 기질이 이 사회가 여성에게 요구하는 부드럽고 온화한 이미지와 어울리지 않는다고 해서 내가 다른 사람들에게 "성격을 뜯어고쳐야 한다."라는 말을 들을 이유는 없다.

지금은 사람들이 그 말이 폭력적이라는 것에 대해 (대체로) 공감하지만, 불과 15년 전만 해도 사람들은 여성답지 못하다거나 남성답지 못하다는 세간의 잣대로 성격을 뜯어고치라고 떠들고 다녔다.

나는 타고난 기질, 그러니까 나의 존재가 잘못되지 않았다는 사실을 확인하기 위해 도서관에서 책을 뒤지며 많은 시간을 보냈다. 그리고 애초에 남자다움과 여자다움은 존재할 수 없다는 사실을 깨달았다. 우리 모두에겐 각자의 타고난 기질이 있고 환경의 영향을 받으면서 보다 구체적으로 만들어진 성격이 있을 뿐이다.

사랑스러운 나의 남동생은 누나인 나와 성격이 많이 다르다. 그래서 우리는 언제나 서로에게 비교 대상이 되었다. 어른들은 농담이라면서 내가 남자로 태어났어야 하고, 남동생이 여자로 태어났어야 했다는 말을 자주 했다. 동생은 나와는 다른 의미로 공감능력이 뛰어나고 온정이 많아 자주 눈물을 흘렸다. 그 애는 화가 나도 "으에엥!" 울고, 서러워도 "으에엥!" 울고, 슬퍼도 "으에엥!" 울고, 누가 슬퍼하는 모습만 봐도 "으에엥!" 울었다. 나는 화가 나면 내가 화가

난 이유를 조목조목 설명한 다음에 사과를 받아냈고, 서러우면 주먹을 불끈 쥐었고, 슬프면 울었지만 누가 슬퍼하는 모습을 본다고 해서 눈물이 나지는 않았다.

중학생 때였나. 동생과 둘이 고향집 거실에서 영화 <우리들의 행복한 시간>을 함께 보았다. 동생은 소파에 앉아 있었고 나는 바닥에 앉아 소파에 기댄 채 영화를 봤다. 영화가 클라이맥스에 다다랐을 무렵, 갑자기 내 눈앞으로 티슈 몇 장이 불쑥 나타났다. 동생이 내민 것이었다. 고개를 돌아보니 동생의 얼굴은 눈물, 콧물 범벅이 되어 있었다. 피식 웃음이 났다. 나는 동생이 건넨 티슈를 받아들고 코를 팽 풀었다. 그리고 돌돌 말아 쓰레기통에 던졌다.

대학을 졸업하고 나는 경제적인 사정 등을 이유로 동생과 둘이서 살게 되었다. 이 기간 덕분에 성 편견으로부터 해방되면 얼마나 행복할지 상상할 수 있었다. 동생과 나는 각자의 고유한 성격을 잘 이해했다. 우리는 서로에게 남자다움과 여자다움을 강요하지 않는다. 그저 자기 자신이 더 좋아하는 일을 나눠서 맡고, 둘 다 하고 싶지 않은 일은 함께 하기로 약속했다. 때로는 우리가 한 부모 밑에서

미안해, 실수로 널 낳았어

174

나고 자란 자식이라는 이유로 어떤 짐을 져야 할 때 서로에게 아들이라는 이유로, 딸이라는 이유로 책임을 떠넘기지 않기로 했다.

우리는 사회가 요구하는 여자다움과 남자다움의 옷을 벗고도 즐겁게 살 수 있다. 그게 비현실적인 꿈은 아니다. 동생과의 생활은 나답게 살아도 괜찮다는 안도감을 주었고, 앞으로도 계속 그렇게 살아도 괜찮다는 자신감을 주었다.

코르셋은 사람의 몸에 압력을 주어서 인위적인 체형을 만든다. '○○다움'은 사회가 우리에게 입으라고 강요하는 코르셋이다. 살면서 한 번쯤 코르셋으로부터 해방되는 상상을 해보기 바란다. 여자다움, 남자다움, 어머니다움, 아버지다움, 첫째다움, 신입다움, 딸다움, 아들다움 등 사회의 질서를 위해 관습으로 내려온 도덕적인 규율에서 벗어날 필요가 있다. 그것들이 어느새 '나다움'이라는 존재 가치를 갉아먹고 있지는 않은지 생각해봐야 한다.

요즘도 나는 화를 낸다. 그런데 예전처럼 화낼 일이 많지는 않다. 내게 '여자다움'을 강요하는 사람들의 수는 줄었다. 내가 그런 이들을 멀리하고 내 세계에서 추방시켜서 그런지도 모른다. 코르셋을 벗으면 내적으로 충만해진다. 우리는 타인에게 상처주지 않고 자기 자신답게 행복하게 살 권리가 있다. 내 주위 사람들부터 스스로 코르셋을 벗고 행복해질 수 있으면 좋겠다. 그들이 원한다면 나는 그들 스스로 행복해질 수 있도록 언제든 도울 것이다.

미안해, 실수로 널 쏟았어

비 오는 날의 자존감

비가 가라앉았다.
가방을 머리 위로 들고
버스 정류장까지 내달렸다.

바쁘게 시간을 보내던 그렇고 그런 날들 중 하루였다. 나는 하늘에서 쏟아지는 장대비를 맞닥뜨렸다. 짙게 드리운 먹구름과 묵직한 소리를 내며 곤두박질치는 비. 우산이 없어서 하는 수 없이 걸음을 멈췄다.

뒤늦게 일기예보를 확인했다. 일주일 전부터 오늘 비가 온다고 예고했는데 그것도 모르고 지냈다. 과감하게 빗속으로 뛰어들 용기는 없었다. 그래서 괜히 손바닥을 내밀었다. 비의 온기가 느껴졌다.

차가운 줄 알았던 비의 온도는 미지근했다. 그동안 나는 초침을 쫓아 달리는 사람처럼 하루하루를 보냈다. 나의 얼굴은, 나의 정체성은 녹은 눈사람처럼 형체가 흐릿했다. 빗속으로 뻗은 팔의 방향을 앞쪽으로 기울이자 손바닥에 그러모아진 빗방울이 바닥으로 또르르 흘러내렸다.

이렇게 살아 있구나.

비 오는 날에 비로소 나를 생각한다. 허겁지겁 일을 마치고 나면 잠시 무언가에 홀렸다 깬 사람처럼 입술에 덧칠한 립스틱이 지워져 있다. 비상등만 켜진 낯선 건물의 1층 로비에서 화장품 파우치를 꺼냈다. 집에 도착하자마자 세수해 지우겠지만 그 순간 나는 화장을 고친다.

오늘도 나는 낯선 세상을 엿보았다. 기자는 어쩌면 타인의 삶을 훔쳐보는 직업이다. 이곳에 내가 다녀갔다는 사실을 누가 기억할까. 입도 뻥긋하지 않으면 아무도 모를 일. 다시 그렇게 원하는 기자가 되었지만 왠지 모를 무력감이 어깨 위를 떠나지 않는다. 다행히 불 꺼진 타인의 직장에서 듣는 빗소리가 나를 자꾸 먼 곳으로 데려가려고 한다. 몸은 솜사탕처럼 가벼워지고, 발가락에 힘을 줘 땅을 박차면 공중으로 톡 튀어오를 것 같다.

3인칭 관찰자 시점으로 나를 내려다본다. 갑작스러운 비는 앞으로만 나아가려던 걸음을 붙잡았다. 우산도 없이 마주한 장대비는 잠시 잊고 있던 얼굴을 확인하게 했다. 내 자존감은 비 오는 날에만 찾을 수 있는 걸까.

거센 빗줄기가 가라앉을 때까지 이어폰을 꽂고 스마트폰으로 뉴스를 듣기로 했다. 어떤 문학인의 죽음이 오늘의 뉴스에 있다. 느리고 무거운 음악이 깔리고 고인의 생전 인터뷰가 엄지손톱만 한 이어폰을 통해 흘러나온다.

나는 불공평하다고 속으로 투덜거린다. 뉴스는 평범한 사람의 평범한 죽음은 실어주지 않는다. 뉴스에 실리는 죽음은 평범하지 않은 사람의 것이거나 평범하지 않은 죽음이어야 한다.

지나간 뉴스를 듣는 취미가 생겼다. 지하철에서 차창 밖 노을을 바라보거나 누군가를 하염없이 기다릴 때면 어제의 뉴스를 오디오로 듣는다. 어릴 때부터 들어온 앵커의 목소리는 오래 쓴 베개처럼 익숙하다. 새삼 그의 목소리가 늙었다는 생각이 들자 나도 나이를 먹었다는 사실이 실감났다. 열아홉 살에 들었던 그의 목소리를 스물아홉 살에도 듣고 있다. 앵커는 어느새 환갑을 넘겼다.

　비가 가라앉았다.

　가방을 머리 위로 들고 버스 정류장까지 내달렸다. 옷이 다 젖기 전에 버스를 탔다. 버스는 빗줄기를 헤치고 앞으로 쭉 나아갔다. 인터미션은 끝났다. 무대의 막이 다시 올랐다.

시집을 샀다

마음이 맞는 시를 발견하면
옆구리가 간지러워진다.

출근길 겨울 아침의 눅진한 공기가 관자놀이를 짓눌렀다. 테이크아웃 커피만 파는 역사 안의 점포는 에스프레소를 추출하고 스팀우유를 만드는 소리를 퍼뜨렸다. 부츠를 신은 젊은이가 비틀거리는 아침을 걷어내고, 커피 한 잔에 언 머리를 녹였다. 이른 아침, 고소하고 진한 커피 향이 역사 곳곳을 덮쳤다.

나는 멀찍이 떨어진 거리에서 커피콩을 볶을 때 나는 기름진 냄새를 맡았다. 그러다 전혀 다른 곳에서 맡았던 어떤 냄새를 떠올렸다. 어디서일까, 되짚어보다 문득 책 속에 묻힌 활자의 냄새가 아른아른 떠올랐다.

오전 일과를 마치고 광화문 사거리에 있는 교보문고로 한달음에 달려갔다. 점심을 물 마시듯 해치워 체할 것 같았다. 허기를 채우기 위해 먹는 밥은 맛이 잘 느껴지지 않는다. 휴대전화를 충전기에 연결해 콘센트에 꽂는 일과 비슷하다. 그저 에너지를 쓰기 위해 때우는 끼니. 나는 엘리베이터를 타고 20층 행사장에서 1층으로 내려갔다.

한때는 습관처럼 오던 곳이었다. 광화문 교보문고에는 사시사철 활자 냄새가 난다. 판매대에 올라온 책과 책장 구석에 꽂힌 책들을 뒤적이며 활자가 풍기는 살짝 기름지고 고소한 냄새를 맡았다.

새로 나온 책들을 훑어보다가 시집이 진열된 곳으로 걸음을 옮겼다. 새로 나온 시집은 없는지, 그동안 나온 시집 중에 새로 끌리는 건 없는지 빙글빙글 주위를 맴돌았다. 매대 앞에 서서 책을 살펴보던 누군가가 떠나자, 전에 보지 못했던 시집이 눈에 들어왔다. 처음 보는 출판사에서 나온 세 번째 시집. 손바닥만 한 크기가 아담하다. 시집을 펼쳤다. 페이지 위에 턱 하니 놓인 문장을 보고 마음이 사로잡혀 시집을 집어 들었다.

미안해, 실수로 널 쫓았어

182

"부리나케 자리를 떴다. 자리는 어떤 자국 같은 것이었다." 오은 시인의 『나는 이름이 있었다』라는 시집이었다. 마음이 맞는 시를 만나는 일은 쉽지 않다. 소개팅에 수십 번 나가도 마음 가는 사람 한 번 만나기 어려운 것처럼 힘들다. 세상에 훌륭한 시는 많은데 내 마음을 흔드는 시는 그렇게 많지 않다. 시는 저마다의 호흡과 리듬, 색깔, 온도를 가지고 있다. 남들에게 좋은 시라고 해서 꼭 나에게 맞는 시는 아니다. 그래서 마음이 맞는 시를 발견하면 옆구리가 간지러워진다.

결국 시집을 사고 말았다. 집에 있는 시집들이 화낼지도 모른다. 시집이 꽂힌 책장 한 칸이 이미 빼곡해서 새로운 입주자가 들어설 공간이 없다. 에라, 모르겠다. 책은 이미 내 품 안에 있고 고소한 커피 냄새는 등 뒤로 점점 멀어졌다.

섬

이곳에선 아무도
내 이름을 부르지 않는다.

1,969개의 섬은 바다 위로 떨어진 검은 진주 같다. 크루즈는 푸른빛 바다에 흩뿌려진 크고 작은 섬들 사이를 유유히 헤쳐 나간다.

하롱(Ha Long)은 베트남어로 '하늘에서 내려온 용'이라는 뜻이다. 베트남에는 하늘에서 내려온 용이 입으로 불을 뿜어 외부의 침략자를 물리치고, 그 불이 바다에 떨어져 보석이 되었다는 전설이 있다. 이 보석들이 바로 하롱베이를 수놓는 1,969개의 섬들이다. 안개에 잠긴 하롱베이는 고요하다. 물결은 잔잔해서 마치 호수에 떠 있는 것 같다. 바람도 바닷바람처럼 매섭지 않고 부드러웠다. 신선들이 사는 세계에 발을 디딘 기분. 끝이 보이지 않는 섬들이 나를 둘러싸고 겹겹이 펼쳐져 있다.

나는 크루즈 매니저로부터 받은 열쇠를 가지고 캐리어를 끌며 방 안으로 들어왔다. 크루즈 저층 방에는 물비린내가 살짝 올라왔다. 바닥이 진동하자 다리가 후들거렸다. 크루즈는 굉장한 소음을 일으키며 앞으로 나아갔다.

크루즈는 오래되었지만 깨끗하다. 흰 시트로 깔끔하게 정돈된 침대에 엉덩이를 걸치고 객실 창문 밖을 바라보았다. 직사각형의 넓은 창은 마치 액자틀 같다. 그 너머로 탁한 에메랄드빛 물과 산봉우리처럼 볼록 솟은 검은 섬들이 풍경화처럼 담겼다. 기계음이 들리는가 싶더니 객실 천장 스피커에서 안내방송이 나온다. 똑똑 끊어지는 억양으로 크루즈 투어가 진행된다는 안내가 이어진다. 여행객은 카약을 타거나 대나무배를 타고 기암괴석들을 가까이서 보고 즐길 수 있다.

크루즈에서 작은 보트로 옮겨 탄 여행객은 나무로 지어진 작은 선착장에 내렸다. 옆에 있던 백발 노부부는 카약을 골랐다. 나는 뱃사공이 노를 저어주는 6인승 대나무배를 타기로 했다. 분홍색 직물로 된 옷을 입은 뱃사공들 중엔 나보다 작고 앳되어 보이는 여성도 있었다. 여행객이 대나무배에 자리를 잡고 앉자 뱃사공이 노를 저었다. 대나무배 서너 척이 기암괴석 사이로 물길을 가르며 나아갔다.

뱃사공들은 서서 양손으로 제 키만 한 크기의 나무로 된 노를 쥐고 젓는다. 노를 젓는 방법은 뱃사공마다 다르다. 팔을 크게 휘두르며 노를 젓는 이도 있고 타원이나 직선을 그리며 노를 젓는 이도 있다.

대나무배가 오른편에 있던 기암괴석을 끼고 돌자 나무로 지어진 집들이 물 위에 떠 있는 게 보였다. 누런 털을 가진 강아지가 물 위에 지은 집에서 꼬리를 흔들며 우렁차게 짖는다. 누가 사는 집인지 궁금했다. 내 등 뒤에 서서 노를 젓는 뱃사공에게 말을 걸었다. 그는 수줍게 웃더니 검지로 자신의 귀를 가리키며 고개를 저었다. 영어를 알아듣지 못한다는 말이었다. 간단한 베트남어 문장이라도 외워올 걸, 후회했다.

카약을 탄 백발 노인들이 내가 탄 대나무배 옆으로 지나갔다. 500m 떨어진 곳에선 크루즈 가이드가 홀로 노를 저으며 카약을 타고 있었다. 지구 곳곳에서 온 여행자들이 저마다의 속도로 감탄하며 하롱베이를 떠돌았다. 마음이 간질간질한 것이 야릇한 웃음이 새나왔다. 나는 노 젓는 소리가 그윽하게 울려 퍼지는 하롱베이를 넋 놓고 바라보았다. 그사이 기암괴석들은 가까워졌다 멀어지기를 반복했다.

이곳에선 아무도 내 이름을 부르지 않는다. 나의 직업을 묻지 않고, 나이나 출신도 묻지 않는다. 과거에 어떤 사람이었는지, 미래에는 어떤 사람이 될지도 묻지 않는다. 사람들은 그저 지금 이 순간 하롱베이의 아름다움을 함께 나누는 데 온 관심을 쏟았다.

하롱베이에서 나의 일과는 온종일 바다와 바다에 펼쳐진 기암괴석을 보는 일이었다. 크루즈 옥상에서 잔잔하게 이는 물결을 보았다. 바람의 방향이 어디서 어디로 바뀌는지, 하롱베이 위에 뜬 구름이 어느 방향으로 흘러가는지 지켜보았다.

주위를 둘러싼 풍경에 집중하자 '나'라는 사람이 웅장한 섬들 사이의 소실점처럼 자연의 일부로 스며드는 기분이었다. 머리를 지끈하게 했던 고민들이 사소하게 느껴졌다. 그동안 끊임없이 타인과 비교하고 자신의 가치를 숫자로 매기면서 미래에 대한 불안을 숨기려 애썼다. 그런데 지금은 그 모든 일이 부질없게 느껴졌다.

한 발짝만 떨어졌을 뿐인데 마음이 편해졌다. 한국어가 휘몰아치는 한가운데서 느꼈던 통증의 사슬이 한국어가 사라진 곳에서 툭 하고 끊어졌다. 나는 숨을 크게 들이켰다. 스스로에게 채운 족쇄를 벗어던졌다.

해가 지자 크루즈가 속도를 줄였다. 사방이 고요해졌다. 바다가 파도를 일으키고 부수는 소리와 바위섬에서 자라는 푸른 생명들이 바람에 흔들리는 소리가 부드럽게 귓가를 매만졌다. 몸도 마음도 가벼워졌다. 휘파람이 불고 싶어 휘파람을 불었다. 그 순간, 아무것도 가진 것이 없었지만 모든 것을 다 가졌다.

콘돔은 힙하다

낙태 합법화 바람이 불던 계절에
나는 친구들과 섹스토이 숍을 방문했다.

첫 경험은 어설프고 허무하게 끝났다. 스물세 살이 막 된 겨울이었다. 머리로 이해하는 것과 몸으로 아는 것의 격차는 컸다. 머릿속이 뒤엎어진 퍼즐조각처럼 뒤죽박죽이 되었다. 남자친구와 나는 서로에게 조심스러웠다. 어색함과 비장한 긴장감이 얼마간 지속되었다. 그러다 누가 먼저랄 것 없이 웃음이 새나왔다. 우리는 허탈함이 스치고 지나간 서로의 얼굴을 바라보고 멋쩍게 웃었다. "오늘만 날인가.", "에라 모르겠다.", "나도 모르겠다." 우리는 서로를 꽉 부둥켜안고 드러누웠다.

그전까지 나는 또래 친구들보다 좀 더 많이 알고 있다

는 이유만으로 스스로 성 지식에 꽤 해박한 편이라고 생각
했다. 그러나 다 착각이었다. 막상 섹스를 경험하고 나이
를 더 먹은 뒤에도 여전히 친구들과 섹스에 대해 열띤 토
론을 하면서, 나는 그동안 알던 세계가 반쪽짜리라는 사
실을 알아차렸다.

　학창 시절 내내 나와 또래 친구들은 성교육 시간에 정
자와 난자가 출연하는 영상만 봤다. 섹스의 과정을 미시적
(?)으로 표현한 성교육 동영상은 어떤 정확한 정보나 지식
을 주지 않았다. 고등학생이던 나와 친구들은 인터넷을 통
해 접한 포르노나 19금 딱지가 붙은 소설책, 만화책을 통
해 섹스를 어렴풋이 추측할 따름이었다. 이런 방식의 성지
식 습득은 남녀 모두에게 왜곡된 성 관념을 갖게 할 우려
가 있다.

　남성들은 포르노에서 연출되는 폭력적인 섹스를 배울
수 있고, 여성을 성적 도구로 여기는 강간 문화를 문제의
식 없이 받아들일 수 있다. 여성들은 섹스에 대한 강박적
인 거부감을 가지거나, 스스로 성적 대상이 되어도 화내지
못하거나, 왜곡된 시선으로 남성을 대할 수 있다.

성은 터부였고 희화되었다. 어른들은 섹스를 "어른이 되면 자연스럽게 알 수 있는 것"이라고 말했다. 또래 남자아이들은 섹스를 우스갯거리로 삼고, 여성의 신체도 곧잘 농담거리로 만들었다.

여자아이들은 섹스를 부정하다고 여기며 질색하는 부류와 폼 나는 일로 여기며 환상을 갖는 부류로 나뉘었다. 섹스를 경험한 소년은 또래집단에서 우상이자 선구자로 새로운 것을 앞서 겪은 '주체'가 되었고, 섹스를 경험한 소녀는 천박하다는 시선과 멋있다는 이중적인 시선을 받는 '대상'이 되었다.

10대들의 상황과 별개로 학교에서는 아무것도 가르쳐주지 않았다. 나는 스무 살이 되면 저절로 섹스를 알 수 있을 것이란 희망을 가지고 성인이 될 날을 기다렸다. 그러나 막상 스무 살이 되어도 나는 무엇 하나 저절로 깨우치지 못했다.

우연히 BBC가 제작한 영국 10대들을 위한 성교육 방송 프로그램을 봤다. 방송은 매주 다른 고등학교를 방문해 피부색, 신체의 크기가 제각각인 남녀 총 10명의 전라를

영상으로 보여주며 '신체가 다를 수 있음'을 가르친다. 콘돔을 끼우는 방법을 직접 모형에 해보게 하고, 왜 피임을 해야 하는지 토론했다. 또 낙태와 성병의 경우 그러한 경험이 있는 어른들이 청소년들에게 직접 목소리를 전했다. 사진과 비디오, 체험을 결합한 성교육은 획기적이고 놀라웠다. 섹스와 섹스하는 몸을 대하는 관점만 달리했을 뿐인데 세계가 다르게 보였다. 은밀하고 엉큼했던 섹스가 건강하고 자연스러운 것으로 느껴졌다.

고등학생 때 들은 가장 충격적인 이야기는 또래 고등학생들의 '낙태계'였다. 인근 고등학교에서는 예닐곱 명의 학생들이 낙태할 때 쓸 목돈을 마련하기 위해 모임을 만들어 매달 돈을 모았다. 고등학생이 낙태를 했다는 이야기는 주변에서 자주 듣는 이야기였다. 집 근처 상가 화장실에서 죽은 아기가 발견되었는데, 영아살해 혐의로 붙잡힌 이가 중학생이었다는 소문도 떠돌았다. 10대의 섹스는 현실에 있었지만 학교와 어른들은 쉬쉬했고, 아는 것보다 모르는 게 더 많은 10대는 책임이 결여된 섹스로 인해 고통스러운 결과를 온전히 짊어져야 했다. 그 짐의 무게는 특히 여성

미안해, 실수로 널 쏟았어

의 몫으로 미뤄졌다.

20대들도 크게 다르지 않다. 그 시절 10대들이 나이만 먹었을 뿐, 이후에도 제대로 된 성교육을 받은 적이 없다. 나는 섹스와 신체에 관심이 많았던 터라 섹스에 관한 해외 다큐멘터리와 책, 가까운 성인 여성들로부터 들은 약간의 정보를 토대로 자신만의 관점을 만들었다. 하지만 앞서 말했듯 그렇게 형성된 세계도 반쪽에 불과했다. 나도 이 사회의 일원이니 섹스에 대한 고루한 관점으로부터 자유롭지 못했다.

섹스는 관점에 따라 전혀 다른 '무엇'이 되었다. 불결하고 부정한 것이 되었다가 신성하고 아름다운 것이 되기도 하고, 트렌디하고 핫한 것이 되기도 했다. 어떤 단편적인 면도 섹스의 전부를 보여주지는 않았지만 그렇게 제각각 해석되었다.

섹스에 대한 논의는 조금씩 수면 위로 올라왔다. 그리고 이제 섹스는 자연스럽고 건강한 행위라는 지위를 얻었다. 반면 섹스와 동전의 양면인 '피임'을 대하는 태도는 여전히 변화가 더디다.

피임이 중요하다는 사실을 이해해도 사람들은 실제로

섹스할 때 피임을 쉽게 제쳐둔다. 피임은 섹스하는 당사자 모두의 문제지만 '임신이 전적으로 여성의 몸에서 일어나는 변화'라는 이유로 늘 여성의 책임으로 떠넘겨졌다. 여성은 일상에서 주로 호르몬제를 복용하는 피임법을 택한다. 경구피임약은 신체 내에 부작용을 일으키기도 한다. 부정출혈과 위장장애 등을 유발할 우려가 있다.

콘돔을 쓰는 게 신체 내외에 큰 자극을 주지 않는 가장 간단한 피임법인데도 사람들은 콘돔을 꺼린다. 물론 콘돔도 완벽한 피임을 보장해주지는 않는다. 이중피임을 위해서는 먹는 피임약과 콘돔을 동시에 사용해야 한다는 의견도 있다. 하지만 최근에는 남성용 경구피임약과 바르는 피임젤이 출시를 앞두고 있다는 기사도 나왔다.

하루는 남자친구가 각양각색의 콘돔을 들고 와 내 앞에 펼쳐놓았다. 나선형으로 볼록 튀어나온 콘돔, 바나나향 콘돔, 딸기향 콘돔 등 종류는 다양했다. "골라봐. 네 취향으로."라고 그가 말했다. 콘돔이 아주 매력적인 물건으로 느껴졌다. 콘돔에 대한 첫인상은 나쁘지 않았다. 귀찮지만 챙겨야 하는 피임 도구가 아니라 흥미롭고 재미있는 필수

미안해, 실수로 널 쏟았어

품으로 보였다.

하지만 그것도 잠깐뿐이었다. 콘돔은 다시 귀찮은 짐이 되었다. 핸드크림, 립밤처럼 가방에 늘 넣어서 가지고 다니기에는 부담스러웠다(콘돔을 하드케이스에 보관하지 않으면 마찰 등으로 훼손될 수 있다). 특별히 콘돔을 챙기는 남자친구도 첫 남자친구 이후로 없었다. 그렇게 콘돔과 멀어졌다. 콘돔이 시시하게 느껴졌다.

낙태 합법화 바람이 불던 계절에 나는 친구들과 섹스토이 숍을 방문했다. 눈으로 직접 본 콘돔 제품은 확실히 온라인 숍에서 보는 것보다 흥미로웠다. 섹스토이 숍에서는 청소년을 위한 포틴 콘돔을 200원에 팔았다. 포틴 콘돔을 팔아 모은 금액은 청소년 성문화센터와 베이비박스에 전액 기부된다고 쓰여 있었다.

최근 국내 드러그스토어에서도 콘돔을 팔기 시작했다. 마카롱을 본뜬 케이스 등 개성 있고 아기자기한 디자인으로 포장된 콘돔이 주로 진열되었다. 숨기기 급급했던 콘돔이 버젓이 진열대 위에 자리를 차지하는 모습을 보니 안도감이 들었다.

콘돔 쓰는 일을 '힙'하다고 여기면 어떨까. 나아가 피임을 섹스에 대한 '애티튜드'라고 생각하면 어떨까. 성교육 시간에 잔소리하듯 콘돔을 장려하는 일보다 더 효과적일지 모른다. 어떤 행동이 도덕적 관습으로 자리 잡으려면 책임을 강조하는 것만으로는 부족하다. 피임을, 좇아야 할 유행이나 트렌드라고 여기는 것이 어쩌면 사회적 규범보다 빠르게 사회에 자리 잡도록 만드는 방법일 수 있다.

"남자가 무슨 콘돔이냐?", "조심하면 괜찮아." 하며 콘돔 쓰기를 거부했던 한때의 남자가 떠올랐다. 마지못해 수긍했던 과거의 나에게 마음속 깊이 사과를 건넨다. 이제까지 낙태를 겪지 않은 것은 로또 당첨만큼이나 운이 좋았을 뿐이었다. 예기치 않은 임신으로 인한 낙태는 여성의 몸을 완전히 망가뜨린다. 더 이상 내 몸의 안전을 운에 맡겨서는 안 되겠다는 생각이 들었다.

섹스토이 숍에서 콘돔을 구매했다. 사용할 때 온열감을 주는 콘돔과 포틴 콘돔을 골랐다. 박스 포장지에 그려진 디자인도 근사하다. 아끼는 향수들과 나란히 콘돔 박스를 세워놓았다. 하드케이스에 넣은 콘돔을 가방에 넣었다. 쌀쌀한 바람이 코트 깃 속을 파고든 그날 밤, 친구들과 시간을 보내며 "앞으로는 나를 정말 사랑해서 피임을 열심히 하겠다는 남자를 이상형으로 꼽을까봐."라는 시시한 농담을 했다.

'기자'라는 무력감

스스로에게 묻는다.
어떻게 해야 좋은 기자가
될 수 있을까.

사람들은 '기자'라는 직업을 잘 모른다. 대중적으로 잘 알려져 있지만 실상은 잘 모르는 직업. 으레 기자라고 하면 영화나 드라마에서 비춰지는 모습을 떠올리지만 그것은 반쪽에 불과하다. 기자는 백조다. 겉으로는 유유자적 물위를 미끄러지듯 가는 것처럼 보이지만 수면 아래선 발바닥에 땀이 나도록 움직이고 있다. 특별한 기사를 쓰는 일보다 그냥 그런 기사를 쓰는 일이 훨씬 많다. 아무도 읽지 않을 것 같은 기사를 쓰는 일도 빈번하다.

기자직의 화려한 외양만 보고 꿈꿔온 사람들은 '언론고시'라고 불릴 만큼 힘들고 지난한 과정을 거쳐 언론사에 들어간다. 하지만 얼마 지나지 않아 그만둔다. 환상이 깨져서 그렇다. 내가 느낀 기자의 실상을 말하자면, 그럴듯한 출입처를 오가며 '기자 냄새'를 풍기며 기자답게 기사를 쓰는 사람은 소수다. 기자로 입사해도 자신이 그 소수가 될 수 있을지는 미지수다. 그렇게 밥벌이만을 위해 직장을 꾸역꾸역 다니다보면 일은 '더럽게' 많은데 보람은 적고 월급도 적어 직업 자체에 회의감을 느끼게 된다.

게다가 언론사 기자들은 가치관이라도 근사할 줄 알았는데 다른 회사랑 다를 바가 없다. 화려한 겉모습과 다른 불편한 진실을 마주하게 되면 사람들은 두 갈래의 길을 고민한다. 이직을 하거나 다른 업계로 가거나.

기자는 하루아침에 만들어지지 않는다. 시행착오도 겪고 정체성에 대한 고민도 계속해야 한다. 고민을 멈추는 순간, 기자의 생명도 끝난다. 그래서 기자는 다른 의미로 고민하는 직업이다. 매 순간 타인에게든, 자신에게든 질문을 해야 한다. 스스로 확신해서도 안 되고 재차 묻고 답해야 한다. '최선을 다해 취재한 걸까?', '취재 방식은 적절했나?', '정말 뉴스가 될 가치가 있나?', '사회에 미치는 부정적인 영향은 없을까?', '의도와 다른 결과가 발생하지는 않을까?' 등등.

기자로서 처음으로 '뉴스란 무엇인가?' 고민했던 적이 있다. 수습 딱지를 떼고 얼마 지나지 않았을 때였다. 여성 정신질환자가 목사의 안수기도가 끝난 뒤 집에서 사망한 채 발견된 사건이 발생했다. 기독교인인 엄마는 딸이 정신병원 진료를 받아도 차도가 없다고 생각해 안수기도를 해줄 목사를 찾았다. 목사는 자신의 지인과 함께 정신질환자 여성과 부모가 사는 집에 주기적으로 방문해 안수기도를 했다.

퇴마를 목적으로 하는 기도는 방 안에서 침대에 누워 있는 여성의 신체를 압박하는 방식으로 이뤄졌다. 여성이 저항했지만 안수기도에 참여한 엄마와 목사들은 병이 치료되는 과정이라고 생각했다. 하지만 안수기도가 끝난 어느 날, 곤히 잠든 딸을 위해 죽을 사러 나갔다 돌아온 엄마는 방 안에서 숨 쉬지 않는 딸을 발견했다.

정확한 사인이 밝혀지기 전이라서 첫 보도는 여성 정신질환자의 사망 원인에 대한 의혹을 제기하는 것으로 그쳤다. 부검 결과는 이튿날 오전에 나올 예정이었다. 사인은 안수기도 과정에서 발생한 흉부 압박일 가능성이 높았다. 나는 후속 보도를 해야 한다고 생각했다. 이 사건이 정신 질환에 대한 이해가 부족한 사회의 단면을 보여준다고 판단했고, 비슷한 사건의 재발을 막기 위해서 무엇이 잘못되었는지 알리는 것이 중요하다고 생각했다.

가족들이 정신질환에 대한 이해가 있었다면, 안수기도 의뢰를 받은 목사들이 "정신질환은 퇴마로 해결될 일이 아닙니다. 다시는 이러지 마세요."라고 호되게 거절했다면, 이 시대를 살아가는 사람들이 정신질환자를 격리해야 한다고 날 세우는 대신 지속적으로 치료받아야 한다고 목소리를 냈다면… 그랬다면 내 또래 여자는 정신질환자라는 이유로 방 안에서 낯선 남성들에게 맞지 않았을 것이고, 정신질환자라는 이유로 죽지도 않았을 것이다.

추가 취재를 하고 복잡한 마음으로 사무실로 돌아왔다. 책상에 웬 메모가 있었다. 부장님이 넌지시 말씀하셨다. 가족으로부터 연락이 왔다고 했다. 가족을 잃은 것도 고통스러운데 또 다른 가족이 살인 혐의로 조사를 받고 있어서 힘들다고, 기사를 쓰지 말아줬으면 한다고 말이다. 나는 솔직한 심정으로 화가 났다. 형제들은 뭘 한 거지?

다른 가족들도 악마 때문에 여자가 아픈 거라고 믿은 건가? 아니면 자신들은 결혼해 가정이 있고 어차피 정신질환자 형제를 책임질 사람은 늙은 엄마니까 마음대로 하게 내버려둔 걸까?

나는 부장님 앞에서 "알겠다."라고 말했지만 납득이 되지 않았다. 늦은 밤에 난생 처음 부장님께 메시지를 보냈다. 후속 기사를 써야겠다고. 부장님은 답하지 않았고 나는 결국 기사를 쓰지 않았다.

이제와 돌이켜보면 그깟 기사, 쓰지 않아서 다행이다. 죽음을 막을 수 있었던 수많은 기회를 흘려보낸 가족들을 나는 아직도 이해할 수 없지만 여자의 부모도, 형제도 나보다는 천만 배 더 고통스러울 것이다. 아마 평생 죄책감을 안고 살 것이다. 정신질환자의 인권에 대한 문제 제기를 굳이 그들의 사연을 통해 할 필요는 없었다.

시간이 흐른 뒤, 우연히 그 사건의 엘리베이터 CCTV 사진을 봤다. 안수기도 후 여성이 사망하자 다시 그 여성의 집으로 돌아온 목사들의 뒷모습이 선명하게 찍혀 있었다. 그날의 일은 많은 사람들의 인생을 송두리째 바꿨다. 한 사람은 유명을 달리했고, 세 사람은 살인 혐의를 받았으며, 가족들은 마음에 평생 이고 갈 무거운 짐을 지게 되었다. 그리고 나는….

기자의 길은 쉽지 않다. 언론사에 입사하는 것으로 끝나는 숙제가 아니다. 좋은 기자가 되기 위해서 끊임없이 고민해야 한다. 그러지 않으면 기자라는 직업을 가지고도 사회에 좋은 영향을 주지 못하고, 스스로 진짜 기자가 맞나 회의감에 시달릴 것이다. 기자란 각각의 언론사에 속한 회사원이면서 동시에 공익을 추구하는 직업이다. 회사의 이익을 외면하면 일터가 사라지고, 공익을 추구하지 않으면 존재가치가 사라지는 어려운 길.

보람을 느낄 때도 있지만 무력감을 느낄 때가 더 많다. 가만히 듣는 일 말고 해줄 수 있는 것이 없을 때 더욱 그렇다. 사회를 좋은 방향으로 바꿀 수 있다는 믿음 때문에 기자가 되기로 한 건데 현실은 녹록지 않다. 기자라서 할 수 있는 일보다 할 수 없는 일이 더 많다. 기사 쓰는 일부터 사소한 부탁을 들어주는 일까지.

5·18 민주화운동 37주년 기념식에서 있었던 일이다. 휠체어를 탄 70대 할머니의 휠체어를 밀어주다가 대화를 나

누게 되었다. 할머니는 몇 년 전에 갑자기 쓰러지는 바람에 다리를 움직일 수 없어 장애 판정을 받았다. 없는 형편에 병원비와 약값이 계속 들어 걱정이 큰데, 다달이 받는 돈만으로는 병원비와 약값, 생활비를 충당할 수 없다고 했다. 할머니는 간병인 둘 돈도 없어 병수발 중인 80대 남편에게도 미안하다면서, 자신의 사연을 대통령에게 전해달라고 했다. 나는 기자이기는 하지만 차마 대통령 근처에는 가지 못한다는 말을 하지 못했다. 할머니의 두 손을 꼭 잡고 거짓말을 했다. "대통령께 꼭 전해드릴게요."

어떻게 해야 좋은 기자가 될 수 있을까. 사람들을 만나고, 취재를 하고, 기사를 쓰고, 완성된 기사를 송고할 때마다 나는 고민했다. 지금도 마찬가지다. 다니던 신문사를 나왔고, 프리랜서 일에서 잘렸고, 새로운 언론사에 입사한 지금도 나는 '어떻게 해야 좋은 기자로 오래오래 살 수 있을까?'라고 스스로에게 묻는다. 답이 없는 질문인지도 모르겠다.

미안해,
실수로
널 쏟았어

관계,
오롯이

개인적 사람 관계

인간관계에 대한 집착을
버리기로 했다.

아이보리색 니트를 꺼내 다림질을 했다. 다리미의 온기가
남은 옷을 입고 밖으로 나왔다. 니트에 실린 온기는 마치
누군가에게 폭 안겨 있는 것처럼 따뜻해 마음까지 녹인다.
서늘한 바람이 목덜미를 쓸어내리는가 싶더니 곧 한낮의
태양이 뒤통수를 뜨겁게 한다.

한국의 가을이다. 다른 곳에서는 맛볼 수 없고 오로지
여기서만 즐길 수 있다. 올해 겨울은 여느 때보다 길고 더
욱 추울 것만 같다. 찰나의 계절 가운데서 가을을 그리워
하고 있다. 언제나 가을은 성급하게 떠난다. 앞서가는 가
을의 뒷모습을 볼 때면 내심 서운하다.

어릴 때는 봄 같은 사람, 싱그러운 꽃처럼 은은한 향기로 주변을 물들이는 사람이 되고 싶었다. 물론 바람이 꼭 이뤄지는 것은 아니다. 지금의 나는 마른 잎을 떨어뜨리고 찬바람을 맞고 선 가로수와 같은, 가을에 가까운 사람이다. 나의 계절은 봄, 가을, 가을, 가을이다. 질긴 외로움은 오래도록 나를 쫓아왔다. 줄기를 잘라낸 외로움은 뿌리를 뽑아도 어느새 넝쿨처럼 자라 내 등을 타고 올라왔다.

째 오랫동안 나는 사랑이나 우정처럼 사람과의 뜨거운 관계가 질긴 외로움의 줄기를 꺾어주리라 믿었다. 헛된 희망이었다. 어느 것도 내 안의 허름한 집에 들어온 세입자를 쫓아내지 못했다. 나는 다달이 일정량의 외로움을 월세로 내는 세입자가 필요한 사람이었다.

가까워지고 멀어지는 관계가 반복되든 말든 세입자는 항상 같은 자리에서 허름한 나의 집을 지켰다. 그렇게 나는 낡은 집 문을 두드리는 낯선 이의 방문을 거부하고 세입자와 함께 매일을 보냈다.

"누구에게나 베풀 수 있는 만큼만 잘해준다."가 내 인간관계의 원칙이다. 정성이 들어가는 선물을 애써 하지 않는다. 웬만한 선물은 돈 주고 산다. 내 능력 밖의 일을 무리해서 하지 않는다. 해줄 수 없는 것을 억지로 하며 관계를 이어나가려 하지 않는다.

망가진 밸런타인데이 초콜릿, 만드는 데 오랜 시간이 걸린 기름진 김치볶음밥, 불어터진 파스타. 기름 뚝뚝 떨어지는 가지볶음 등 정성을 쏟을수록 결과물은 초라해졌다. 아, 그냥 요리에 재주가 없는 건가? 사실 포장도 못한다. 선물을 직접 포장하는 데도 1시간을 끙끙댄다. 그냥 손재주가 전혀 없는 걸지도.

전에는 나의 미숙함을 드러내 무언가를 주는 행위조차 애정표현이라 믿었다. 나로서는 만드는 과정도 재미없고 결과도 형편없는데 애쓰는 마음 자체가 애정이라고 생각했다. 그런데 평소 나답지 않게 무리하면 어느 순간 지친다. 그러면 나도 모르게 셈을 하게 된다. 나는 이렇게까지 했는데 너는 왜 이만큼 안 했는지 계산하게 된다. 사람을 두고 그러면 안 된다고 생각하면서도 그게 잘 안 되었다. 일단 계산하기 시작하면 그 관계는 긍정적이지 않은 방향으로 굴러간다.

어느새 셈하고 있는 내가 싫었다. 그래서 그냥 누구에

게나 잘해줄 수 있는 만큼만 잘해주기로 마음먹었다. 사람에 대한 나의 애정은 절대 선을 넘지 않는다. 굳이 특별한 사람에게만 잘해주지 않고 두루두루 잘해주려고 한다. 딱 거기까지다. 간혹 진지하게 관계를 맺기도 전에 나에게 셈을 하게 만드는 사람들이 있다. 그런 이들에겐 해줄 수 있어도 절대 잘해주지 않는다. 친절은 괜찮은 인격을 갖춘 사람에게만 베푼다.

내 인간관계의 원칙은 명확하다. 첫째, 나를 잃지 않는다. 둘째, 무리하지 않는다. 셋째, 애쓰지 않는다. 넷째, 평소대로 한다. 아마도 나는 오랫동안 나답게 살지 못했다고 생각했던 것 같다. 사람들에게 인정받기 위해 무리해서 노력했던 것 같다(확신하지 못하는 이유는 자신이 몰랐던 모습을 더러 늦게 발견하는 경우가 있기 때문이다). 꾸민 모습으로 사람들을 대할 때마다 나는 조금씩 지쳤다. 어느새 환절기 감기처럼 진득한 외로움을 달고 사는 사람이 되어 있었다.

스무 살 때는 인간관계에 대한 환상이 있었다. 끈끈한 우정, 희생하는 사랑, 굳세고 흔들림 없는 믿음, 서로 달라도 마음을 헤아리려고 노력하고 배려하는 관계. 환상을 깬

미안해, 실수로 널 쏟았어

당사자는 남자친구도, 부모님도 아니고 대학 시절을 껌처럼 붙어 다녔던 소중한 친구였다. 난 정말 그 애를 소중하게 생각했다.

5년 가까이 알고 지냈던 친구는 갑작스레 아파서 수술을 받게 되었는데 그 사실을 알리고 싶어 하지 않았다. 나는 그래도 그 친구가 아파서 병원에 있는 동안 외롭지 않도록 친한 지인들이 병문안을 가거나 안부를 묻는 게 도리라고 생각했다. 자신의 병이 주변에 알려지기를 꺼려하면서도 막상 친한 사람들이 찾아오지 않거나 연락이 없으면 섭섭해 하는 경우를 종종 봤기 때문이었다. 그래서 나와는 친하지 않지만 그 친구하고 특별히 친했던 대학 동기에게 그 사실을 전했다. 내가 말했다는 사실은 비밀에 부치고 그냥 잘 지내냐는 안부 전화라도 하라고 이야기했다.

안부를 묻는 과정에서 사달이 났다. 대학 동기가 장난스럽게 꺼낸 말이 친구를 화나게 했다. 친구는 메신저 단체 채팅방에서 "누가 내 소문을 내고 다녔느냐?"라고 화를 냈다. 그리고 내가 해명할 겨를도 없이 잠적했다. 속이 탔다. 사과 문자도 보내고, 해명도 하고, 수십 번 전화도 했으나 답은 돌아오지 않았다. 시간이 흐를수록 오히려 내가 더 화나고 서운했다.

　3일밖에 되지 않는 병문안 가능 날짜에 대학 친구들이 바쁜 시간을 쪼개 입원실에까지 찾아갔는데, 아무리 화가 나도 그렇지 어떻게 된 사정인지 들어보기나 하지. 아쉬움이 남았다. 나는 아픈 친구에게도, 그 친구가 소문을 냈냐고 윽박질렀던 단체 채팅방에 있는 다른 사람들에게도 미안했다. 자책감 때문에 일이 손에 잡히지 않았다. 시간을 돌이킬 수만 있다면 문제를 바로잡고 싶었다.

　굉장히 힘든 시간이었다. 대학 시절을 함께 붙어 다녔던 친구의 연락 두절은 대학 시절 전체를 상실한 느낌을 주었다. 내 잘못이 컸다. 그 애가 나와 다른 사람이라는 중요한 사실을 잊고 있었다. 순진하게 나의 마음이 그 애의 마음과 같다고 믿었다. 몇 주 뒤, 친구와 연락이 잠깐 닿았지만 다시 끊겼다. 내 마지막 메시지는 "조만간 얼굴 보고 이야기하자."였는데 오랫동안 답변이 없었다. 몇 달이 지난 뒤 나는 그 메시지를 지우면서 친구의 연락처도 삭제했다.

　친구는 이따금 꿈에 나왔다. 연락이 끊긴 지 3개월쯤 되던 때, 꿈속에서 나는 그 친구에게 미안하다고 빌며 다시 돌아오라고 애원했다. 6개월이 지났을 때, 꿈속에서 내가 그 친구에게 화를 내고 있었다. 친구를 기억에서 완전히 지웠다고 생각했는데 몇 년이 지나도 친구의 꿈을 꾸었다. 2년이 지났을 때, 나는 꿈에서 만난 친구에게 "이제 널 미워하지 않으니 네 마음이 편해지면 언제든 연락해."라고 말했다. 무의식 속에서 난 미안했고, 원망했고, 결국 돌아오기를 바랐다.

그 사건은 내 인생의 변곡점이 되었다. 나는 인간관계에 대한 집착을 버리기로 마음먹었다. 그 애를 내 마음에서 내보내면서 사람에 대한 애정과 기대를 내려놓았다. 관계가 소원해져도 미안하지 않고 아깝지 않을 만큼, 딱 그 정도까지만 진심을 쏟자고 마음먹었다. 다시는 후회하고 싶지 않았다.

아이러니하게도 관계에 대한 집착을 버리고 나니 인간관계가 훨씬 편해졌다. 좋아하는 사람에게 무리해서 잘해주고 난 뒤에 밀려오는 혼자만의 서운함이 사라졌다. 해주지 못한 일들이 미안해서 뒤늦게 후회하는 일도 없었다. 균형을 찾는 일이 매번 쉽지는 않았지만 하다 보니 능숙해졌다. 나는 시나브로 관계에 대한 집착에서 벗어나 자유로

위졌다. 성숙한 어른이 된 건지 차가운 사람이 된 건지는 여전히 헷갈리지만.

기대가 사라지니 사람들의 작은 배려에도 감동을 받았다. 사람들로부터 더 사랑받는다는 느낌도 받았다. 애정을 갈구할 땐 모자란 것 같더니 지금은 오히려 충분한 사랑을 받는 기분이 든다. 사랑은 내가 받을 것을 재지 않고 줄 때만 돌아오는 선물인지도 모르겠다.

5년이 지난 뒤, 대학 동기의 어머니 장례식장에서 그 친구를 만났다. 친구는 어색해 하면서도 마치 엊그제 만났다 헤어진 사람처럼 말을 걸어왔다. 나는 이미 그 친구에 대한 어떤 감정도 남아 있지 않았다.

"수술하고서 몸은 이제 괜찮아?"

얼어붙은 분위기 속에서 그 말이 툭 튀어나왔다. 친구가 연락을 끊은 뒤 수십 번 마음속으로 물었던 질문. 그건 진심이었다. 원망이 들 때도 아파서 그런 것일 수 있다며 걱정했던 날들이 스쳐지나갔다. 친구는 괜찮다고 답했다.

"다행이다."

그동안 아프지 않고 건강했다면 정말 다행이다. 하지

미안해, 실수로 널 쏟았어

216

만 그게 전부였다. 나는 변했고 우리 관계 또한 애쓴다고 달라지지 않을 것이다. 서운한 감정은 다 털어버리고 없다. 어떤 감정도 남아 있지 않다. 그저 친구는 친구대로, 나는 나대로 각자의 길에서 건강하고 행복하게 지냈으면 좋겠다.

아무리 애써도 우리는 이전으로 돌아갈 수 없다. 그건 말하지 않아도 느낄 수 있다. 찰나의 계절이 오면 밤이 찾아오는 시각은 점점 앞당겨진다. 시린 바람이 문틈으로 소리 없이 스며들어온다. 그 애를 생각하니 다시 마음이 시큰해진다. 어깨를 감싸고 넘어온 슬픈 넝쿨 줄기가 쇄골까지 내려온다.

페북시트

나는 오랫동안
페이스북 탈출을 망설였다.

페이스북 탈출이다. 앱을 삭제하면서 이 행위에 이름을 붙여줬다. '페북시트(Facebook+Exit)'라고. 브렉시트 이슈로 떠들썩할 무렵의 일이어서 엉겁결에 튀어나온 말이었다. 어찌되었든 페이스북을 탈퇴했다. 그런데 신문사에 입사하면서 페이스북 계정으로 회사 기사를 올리고 편집하는 교육을 받아야 한다는 이야기를 들었다. 하는 수 없이 새 계정을 만들었다.

어차피 다시 만든 계정이니 재밌게 쓰자고 마음먹었다. 오랜만에 페이스북을 이용하니 달라진 점이 많았다. 연락이 뜸한 지인들의 근황을 엿보기도 하고, 과거에 만났던

미안해, 실수로 널 쏟았어

사람의 결혼 소식도 우연히 알았다.

당시 낯선 도시에 홀로 살던 나는 일을 시작하면서 겪은 일이나 변변찮은 일상을 페이스북에 올렸다. 페이스북 친구의 범위는 친분 없는 유명 인사부터 내가 친구를 맺은 이들의 친구까지 확대되었다. 웬만한 언론사 계정도 다 팔로우했다. 뉴스피드는 곧 사람이 바글바글한 시장이 되었다.

그러다 오래 주저하고 망설인 끝에 페이스북으로부터 탈출하기로 결심했다. 내가 주도적으로 페이스북을 사용하는 것이 아니라, 페이스북이 이끄는 대로 끌려가는 기분이 들어서였다. 페이스북은 공론의 장이면서 동시에 아비규환의 광장이었다.

6개월 동안은 재밌었다. 어떤 이슈든 페이스북 내에서 빠르게 돌았다. 내가 친구를 맺거나 팔로우한 계정 주인들은 누구보다 먼저 이슈를 캐치하고 분석했으며 이를 공유했다. 어떤 때는 뉴스보다도 빨랐다. 페이스북에서 뉴스가 만들어지는 일도 부지기수였다. 페이스북은 나를 특별한 사람으로 착각하게 만들었다. 관계를 맺은 고작 200여

명의 사람들 덕분에 나는 페이스북을 쓰지 않는 이들보다 빠르게 정보를 얻고 다른 관점을 갖게 되었다. 그게 중독으로 이어지는 함정인 줄도 모르고 남의 생각과 관점을 내 것인 양 착각하며 지냈다.

당연히 손에서 스마트폰을 뗄 수가 없었다. 눈 뜨자마자 스마트폰에 깔린 페이스북 앱에 접속했다. 뉴스도 이슈도 사람들의 반응도 모두 페이스북이라는 매체를 통해 체크했다. 페이스북 속 세상이 한국 사회의 전부라고 믿었다. 흥미로운 점은 페이스북 속에 종종 페이스북 중독으로 인한 금단증상을 호소하는 사람들이 꽤 많았다는 사실이다. 나만 그런 것은 아니라고 안도하면서도 사람들이 왜 페이스북만 유독 중독된다고 표현할까 의문이 들었다.

평소와 마찬가지로 페이스북을 하던 중이었다. 갑자기 벼락을 맞은 것처럼 머리카락이 쭈뼛 섰다. 뉴스피드를 도배한 뉴스와 글은 내 입맛에 완벽하게 잘 맞는 콘텐츠뿐이었다. 세상이 이럴 리가 없는데! 취향에 따라 편집된 수많은 정보가 나를 페이스북 안에 더 단단하게 옭아맸다.

뉴스피드에 실시간으로 뜨는 온갖 정보가 마치 이 세계의 전부처럼 보였다. 들판인 줄 알았는데 커다란 새장인

셈이었다. 그 속에서 자신이 자유를 누린다고 오해하며, 스스로를 누구보다도 주체적으로 정보를 받아들이는 지성인이라고 착각했다. 나는 페이스북을 통해 보는 세계가 사과 한쪽에 불과하다는 것을 자각했다. 처음엔 찝찝했지만 대수롭지 않게 넘겼다.

하지만 자각 이후 불쾌감은 기하급수적으로 커졌다. 시작에 불과했다. 페이스북은 계속해서 '좋아요', '슬퍼요', '화나요' 등 콘텐츠에 반응하는 나의 정보를 수집했다. 또 내가 크게 반응할 만한 광고 및 콘텐츠를 추려 내 뉴스피드에 올리기 시작했다.

처음 접했을 때만 해도 페이스북 속 세계는 잔잔한 호수 같았는데 점점 파랑이 휘몰아치는 바다로 변했다. 거칠고 센 말과 감정이 격앙된 분위기가 피로를 유발했다. 그럴 만했다. 이용자들의 반응을 많이 얻으려면 페이스북의 알고리즘 규칙을 이해하고 따라야 했고, 목적이 전도되어 인기만 끌려는 콘텐츠들이 범람했다.

환멸을 느끼는 일이 잦아졌지만 나는 오랫동안 페이스북 탈출을 망설였다. 남들보다 정보력이 뒤처질 수 있다는 불안감 때문이었다. 양질의 정보를 얻지 못할 수 있다고 생각했고, 어쩌면 내가 놓치는 정보가 꽤 괜찮은 것일지 모른다는 기우에 사로잡혔다.

최근 영국의 정치컨설팅 회사 '캠브리지 애널리티카'가 2016년 당시 도널드 트럼프 선거운동 캠프를 위해 페이스북 이용자 5천여 명의 개인정보를 이용한 사실이 밝혀졌다. 페이스북 측은 이용자의 개인정보 유출을 뒤늦게 인지해 사실상 방치했다는 비난을 받았다. 페이스북 코리아에 따르면 국내에 영향을 받았을 수 있는 이용자 수만 약 8만 5천 명에 달한다고 한다.

미국은 페이스북 탈퇴 운동이 널리 퍼졌고, 실리콘밸리 IT업계 종사자들은 이번 스캔들로 인해 3명 중 1명꼴로 페이스북을 삭제하겠다고 응답했다. 하지만 한국에서는 페이스북 스캔들에 대한 반응이 미적지근하다. 먼 나라 일이라고만 여기는 듯하다.

막상 탈퇴하고 보니까 페이스북이 사람들 사이를 더 강하게 연결시켜주는 고리인 동시에 극도로 폐쇄적인 네트워크 서비스라는 점이 실감 났다. 페이스북 계정이 없으면 타인의 페이스북 계정은 찾기조차 쉽지 않다. 페이스북은

미안해, 실수로 널 쏟았어

내부 집단에 소속되어 있지 않으면 접근조차 어려운 밀실 공간과도 같았다.

페이스북을 탈퇴한 이후 나는 마음이 한결 편해졌다. 어설프게 발목을 붙잡고 있던 끈을 끊자 가벼운 발걸음으로 운동장을 달리는 기분이 들었다. 페북시트는 페이스북으로부터의 탈출이자 자극적인 언어와 거친 가치관 강요로부터의 탈출이었다. 타인의 말을 듣기보다 자신의 말만 쏟아내고 싶은 사람들로부터의 도피였다. 페이스북으로 인해 나는 사색을 멀리하고 즉각적인 이슈에만 반응하는 사람이 되어가고 있었다.

페북시트는 주요한 논제를 오락거리로 전락시키는 공룡 플랫폼으로부터의 해방이었다. 이 자유를 얼마나 지속할 수 있을지는 모르겠다. 페이스북이 사라진다고 해도 또 다른 SNS가 그 자리를 대신하리라는 것은 자명하다. 얼마나 갈지 장담할 수 없지만, 아무튼 페이스북 없이 살아보려고 한다.

다른 사람을 받아들이는 법

나는 타인을
위로할 줄 모른다.

고백하고 싶다. 나는 타인을 위로할 줄 모른다. 다른 사람이 아프다고 하면 그 아픔이 내 아픔처럼 느껴지지 않는다. 『오즈의 마법사』에 나오는 심장 없는 양철나무꾼이라도 된 것 같다. 그래서 '아프겠구나!' 생각하며 이해하려고 노력한다. 이해하려는 시도를 반복하면 가끔 울컥하는 비릿한 슬픔이 올라올 때가 있다. 공감은 학습의 결과다. 그러나 제대로 배우지 못한 공감은 다른 사람과의 관계에서 불협화음을 일으킬 수 있다. 소통에 오류를 일으키기도 한다. 나는 타인을 위로한다. 양심에 거리낌없는 선에서 나의 마음이 닿는 정도까지 힘껏 위로한다.

"고통을 다 이해할 수는 없지만 상심이 크시겠어요."

"많이 괴로우시죠? 이제 좋은 일만 있을 거예요."

"어떻게 위로의 말씀을 드려야 할지 모르겠어요. 누구도 당신의 슬픔을 헤아리지 못할 거예요."

"아픔을 잊는다고 전혀 없던 일이 되는 건 아니지만, 부디 천천히 나아지기를 바랍니다."

물론 아무 말도 하지 못하는 경우도 부지기수다. 상상조차 할 수 없는 큰 고통과 마주한 사람을 만나면 나는 어떤 말도 꺼내지 못하고 침묵을 선택한다. 세월호 침몰로 딸을 잃은 아버지를 인터뷰할 때, 30년 전 기억을 고스란히 안고 사는 5·18 부상자 할아버지와 대화할 때 나는 위로를 건네기는커녕 가만히 듣는 일밖에 하지 못했다.

어릴 때 나는 마음이 따르지 않으면 '공감어(共感語)'를 쓰지 않았다. 마음을 정직하게 표현하지 않는 일은 위선이나 거짓말과 마찬가지로 느껴졌다. 나는 순진하게도 매사 정직하게 표현하려고 애썼다. 지금에야 돌이켜 보니 그건 사람들이 바라는 정직함이 아니었다. 나는 그저 공감하는 표현을 할 줄 몰랐던 것뿐이었다.

부모님은 감정 표현을 잘 못하는 분들이다. 사랑하는 감정을 사랑한다고 직접 표현하지 않고 짓궂은 핀잔으로 대신했다. 너를 걱정한다는 말 대신 다른 사람들이 너를 싫어할 것이라고 나무랐다. 슬픔을 위로하는 대신 모진 말들로 일으켜 세우려 했다. 그러면 어린 자녀의 마음이 더 단단해질 것이라 착각하고 말이다. 나는 그런 부모님과 함께 만 18년을 살았다. 성인이 된 나 또한 부모님처럼 말하고 있었다. 내가 부모님의 모습과 닮아 있다는 걸 알아차렸을 때 나는 스스로가 너무 미워서 견딜 수가 없었다.

공감은 마음이 먼저가 아니라 말이 먼저였다. 그 중요한 사실을 뒤늦게 깨달았다. 아이가 말을 익히고 외국인이 새로운 나라의 언어를 배우는 것처럼 나는 공감어를 배우고, 외우고, 활용했다.

스물한 살 때 아빠에게 전화를 걸어 보고 싶다고, 사랑한다고 말했다. 아빠는 "돈이 필요해서 전화했느냐?"라고 화를 냈다. 내 딴엔 힘들게 꺼낸 말인데 아빠의 반응에 짜증이 나서 똑같이 화를 내고 전화를 끊었다. 나는 '다시는 그런 말을 하나 봐라.'라고 생각하며 한참을 씩씩거렸다.

하지만 오기가 생겼다. 몇 년을 그렇게 하다 보니 나중에는 "보고 싶어서 연락했는데, 돈도 필요하니까 용돈 주고 싶으면 아끼지 말고 주세요."라는 대꾸가 저절로 나왔다. 또 그렇게 몇 년이 흘렀다. 어느새 아빠는 이제 화를 내지도 핀잔을 주지도 않았다.

가까운 관계에서 변화가 생기자 주변 사람들과의 관계는 자연스럽게 술술 풀렸다. "고맙다.", "미안하다.", "힘들겠다.", "잘 풀렸으면 좋겠다.", "속상하다.", "사랑한다.", "좋은 소식 있을 거다." 등과 같은 말을 자유롭게 쓰게 되었다. 말이 마음보다 먼저 뛰어나가 다른 사람에게 닿았을 뿐인데, 희한하게도 나는 말한 내용처럼 타인의 감정을 이해할 수 있을 것 같은 기분에 휩싸였다.

나는 아직도 타인에 대한 깊은 감정 이입에 어려움을 겪고 있다. 그건 태어날 때부터 내게는 없는 능력이었다. 가족이, 형제가, 친한 친구가 감정적으로 호소해도 마음이 한쪽으로 쏠려서 고개를 끄덕이는 일이 흔하지 않다. '내 편이니까 편을 들어주자!'라고 생각해도 정말 아무런 느낌이 들지 않는다. 아주 독한 평정심이다.

자신이 아닌 타인의 마음을 100% 완벽하게 이해하는 사람은 세상에 없을 것이다. 그건 DNA를 물려준 부모도, 수십 년을 함께 산 부부도, 갓난아이 때부터 기른 자식이어도 마찬가지다. 자기 자신도 제대로 모르면서 타인을 안다고 말하는 것은 거짓말이다. 나는 마음이 못하는 일을 머리로 이해해보려고 노력한다. 마음이 닿지 않아도 말로 먼저 타인의 마음을 헤아려보려고 한다. 이게 내가 다른 사람을 받아들이는 방법이다.

인정하고 싶지 않지만, 나는 썩 다정하고 좋은 사람은 아니다. 다행히 지금은 공감하는 말을 쓰면서 어릴 적부터 몸을 칭칭 감았던 억압된 감정의 사슬로부터 해방되었다. 나는 자유로워졌다. 이제는 풍성한 감정을 가지고 사람들을 대할 수 있다. 공감어로 타인을 이해하려고 시도하니 연애가 더욱 즐거워졌고, 친구들과의 관계가 편안해졌다. 사람들을, 삶을 더욱 사랑하게 되었다.

물론 마음이 아닌 머리로 타인을 이해하려는 노력은 부작용이 뒤따랐다. 평온한 마음 상태를 유지하고 싶은 욕구가 커졌기 때문이다. 타인과 강렬하고 격렬한 감정을 주고받는 일이 피곤하게 느껴졌고, 반듯하게 다려진 이불 같은 평온한 마음에 동요가 찾아오는 게 두려워졌다. 심지어 사람과 사람이 포개어져 나누는 뜨거운 교감마저도 성가시게 느껴진다. 봄바람에 흔들리는 처마 밑 풍경 같은 평온한 마음만 간직하고 싶어 큰일이다. 이러다 다시 원점으로 돌아가, 심장을 가슴 밖에 꺼내놓고 사는 양철나무꾼 신세가 되는 것은 아닌지 걱정이 스멀스멀 피어올랐다.

하루아침에 서울을 덮은 첫눈은 비였다

발을 적시는 것은
눈이 아니라 비였다.

주말만 되면 주중에 느꼈던 긴장감을 떨치려고 부단히 애쓴다. 토요일 아침, 눈을 뜨자마자 암막커튼을 열어 방 안의 어둠을 걷어냈다. 차가운 바람이 창틀 사이로 스멀스멀 들어왔다. 뿌연 창문 너머로 떨어지는 눈과 지붕 위에 소복하게 쌓인 눈이 보였다. 첫눈치고는 파격적인 양이었다.

평소보다 더 두껍게 챙겨 입고 밖으로 나왔다. 주변은 설원이었다. 새하얗게 뒤덮인 토요일 이른 아침의 풍경이 눈부시게 아름다워서 나는 잠시 주위를 감상했다. 하지만 걸음을 디딜수록 발을 적시는 것은 눈이 아니라 비였다. 길거리는 점점 축축하고 미끄러워졌다. 터덜터덜 한 손에

미안해, 실수로 널 쏟았어

목욕용품을 든 채 목욕탕으로 향했다.

눈을 비비며 탈의실에서 옷을 벗고 목욕탕 안으로 들어와보니 새삼 샤워타월을 가져오지 않았다는 것을 알아차렸다. 목욕탕에 자주 오는 것은 아니지만 왜 그렇게 올 때마다 무언가를 하나씩 빼놓고 오는지 모르겠다. 전에는 바디워시를 챙겨오지 않았고 그전에는 트리트먼트나 세안용품을 챙겨 오지 않았다.

계획에 없던 일이지만 첫눈이 내린 날 목욕탕에 오니 기분이 좋았다. 내가 목욕탕에서 하는 일이라고는 샤워를 하고 뜨뜻미지근한 탕에 들어가 턱끝까지 몸을 담그는 일이다. 물속에 몸을 담그고 있으면 마음이 편안해진다. 나를 괴롭히던 잡생각이 사라지고 오로지 첨벙거리는 물결에 집중한다. 엄마의 뱃속에 있을 때 기분이 이러할까. 미세한 물결이 팔과 옆구리 사이를 감돌고 허벅지 위를 가볍게 넘는다.

사춘기가 오자 목욕탕에 가기가 꺼려졌다. 낯선 사람들과 알몸으로 한 공간에 있으면 은밀한 비밀을 들킨 것 같아 불쾌해졌다. 어른도 아이도 아닌 것 같은 혼란스러운 시기였다. 어른도 아이도 아닌 몸에 숨겨진 비밀을 타인이 알아차릴까 봐 신경 쓰였다. 엄마가 함께 가자고 애원하다시피 해야 나는 마지못해 목욕탕으로 따라나섰다. 그 이후로 오랫동안 대중목욕탕에 발을 들이지 않았다.

다시 제 발로 목욕탕을 찾은 건 무려 10년 만이었다. 그때 나는 대학을 졸업하고 신촌 상가 골목 한 원룸에서 이력서를 쓰고 있었다. 대학은 졸업했지만 취업은 되지 않았다. 자신감은 바닥으로 곤두박질쳤다. 스트레스 때문에 자주 머리가 아팠다. 지갑을 털어보니 현금이 1만 원 남짓 있었다. 이 돈으로 내가 누릴 수 있는 최고의 행복은 무엇일까 고민했다. 그리고 나는 아주 오랜만에 집에서 500m 거리에 있는 동네 목욕탕으로 향했다.

목욕탕은 옛날만큼 많지 않았다. 이사를 다니면서 목욕탕은 점점 집에서 멀어졌고, 겨우 발견한 곳도 오래되어 시설이 열악했다. 천장에는 곰팡이가 슬어 있었고 낡은 탈의실 캐비닛은 잠금장치가 고장 난 것이 많았다. 그리고 목욕탕을 찾아오는 사람들의 나이도 많았다. 때를 밀려는 아이 엄마와 때 밀기 싫어서 우렁차게 우는 아이들은 이제 목욕탕에서 보기 힘들다. 내 또래의 사람들도 별로 없다.

오른손을 탕에 집어넣고 휘휘 저으며 온도를 체크하는데 저만치서 노인이 말을 걸었다. 목욕탕에서는 어떤 말도 도돌이표 노래가 된다. 나는 노인의 말을 잘 알아들을 수 없었다. 노인은 손가락으로 천장을 가리키다가 방향을 바꿔 땅바닥을 가리켰다.

"눈, 아직도 밖에 눈 내려요?"

나는 노인의 말을 알아들었다는 사실이 기뻐 함박웃음이 나왔다.

"눈, 지금도 내려요!"

밖은 추웠다. 기온이 높아져 눈은 점점 녹아 지면에 닿을 땐 비가 되었다. 손끝과 목덜미가 시렸다. 따뜻하고 미지근한 탕에 몸을 푹 담그고 집에서 목욕탕까지 걸어온 길의 광경을 떠올렸다. 탕으로 사람들이 삼삼오오 모여들었다. 누군가는 허공을 응시했고 다른 누군가는 손으로 조그맣게 물장구를 쳤다. 또 누군가는 수건으로 눈을 찜질했다. 나는 턱끝까지 몸을 담갔다. 조금 답답하게 느껴졌지만 곧 익숙해졌다.

사람들이 들어오고 나가며 일어나는 물결에 몸을 맡겼다. 몸은 가볍게 뜨는 듯했다가 다시 가라앉았다. 사람이 많지 않은 목욕탕에 수도에서 떨어지는 물소리가 맑게 울려 퍼진다. 나는 몸을 감싸는 부드러운 물의 움직임을 느끼며 고요한 듯 고요하지 않은 목욕탕 내부의 소리에 귀 기울였다.

어디선가 빗소리가 들리는 듯했다.

면접

면접은 구직자만
치르는 것이 아니다.

면접을 봤다. 국제 관계를 다루는 해외 시사 월간지를 발행하는 언론사였다. 이전에 1년 정기구독을 했을 만큼 좋아하는 곳이어서 망설임 없이 지원했다. 일간지 경력만 따지면 나는 경력자라 할 수 없는 처지인데, 공고에 따로 그런 제한이 없어서 혹시나 하는 마음에 프리랜서 경력을 끼워 넣은 이력서를 제출했다. 온종일 쓴 자기소개서와 포트폴리오도 함께 담았다. 이튿날 바로 연락이 왔다. 한번 봤으면 좋겠다고.

나는 조금 떨렸다. 되든 안 되든 좋아하는 언론사에 처음 방문하는 것이니까 기대감이 컸다. 김칫국도 좀 마셨던 것 같다. '만약'을 덧붙여 좋아하는 언론사에서 일하는 나의 모습을 상상했다. 다른 일에 집중할 수가 없었다. 늦는 것보단 이른 게 낫지 싶어 일찍 출발했다. 약속된 시간보다 20분 정도 일찍 도착했다. 가는 길 내내 어떤 곳일까 머릿속으로 그림을 그렸다.

전화를 걸어 일찍 도착한 것에 대해 양해를 구한 뒤 건물로 들어갔다. 중년 남자가 나를 반겼다. 인사를 나누고 얼마 되지 않아 나는 실망감을 느끼기 시작했다. 내가 너무 일찍 방문한 탓에 그는 자기소개서를 다 읽지 못했다고 했다. 그는 부끄러운 기색도 없이 "다 읽지는 못했는데 말이에요."라면서 나에게 이런저런 질문을 했다.

자신과 일을 해야 한다고 밝혔던 남자는 나에 대해서만 모르는 게 아니라 언론에 대해서도 잘 모르는 듯 보였다. 그는 도리어 나에게 신문사에 입사한 신입 기자는 바로 사회부에 배정되는지, 신문사에는 부서가 사회부하고 또 뭐가 있는지 등을 질문했다. 이력서를 보고 나의 N번째 토익 점수 875점이 높은 것인지 낮은 것인지도 물었다. 그런 질문들이 의아했지만 묻는 대로 솔직히 답해줬다.

이어 업무에 대한 이야기가 나왔다. 채용공고를 통해 국내 경제 및 산업 분야 취재를 담당한다는 업무 내용은 이미 알고 있었고, 구독자로서 월간지를 봤던 경험으로 대략 어떤 업무를 맡을지도 알고 있었다. 그런데 취재는 현장 취재가 아니고 유선으로만 한다는 이야기를 들었다. 자기가 지시하는 내용을 기업 홍보팀에 연락해 팩트 체크만 하면 된다는 것이다.

기사는 쓸 때도 있고 안 쓸 때도 있다고 했다. 홈페이지에만 기사를 올리는 일이라서 월간지에는 기사를 싣는 일이 없다고 했다. 나는 고개를 갸우뚱했다. '분명 1년 이상의 경제 및 산업 부분 취재 경험을 우대한다고 하지 않았나. 기사를 쓰지 않는 기자라는 건 또 뭐지?' 점점 이상한 기분이 들었다.

남자는 자신이 회사에 상주하는 사람은 아니고 기업 홍보팀을 만나는 일을 한다고 했다. 기업의 투자를 받거나 기업 구독을 따내는 영업을 말하는 듯했다.

"기업 사람들 만나면 기사가 참 좋다고 하면서 구독은 하지 않더라고요. 저도 우리 꺼 안 읽어요. 생활과 밀접한 관련이 없어서 꼭 읽어야겠다는 생각이 들지 않더라고요.

그게 우리 잡지의 한계죠. 그렇지 않나요?"

자기 자신도 설득하지 못하면서 타인을 어떻게 설득할 수 있다는 건지 황당했다. 나는 이 잡지의 존재가치가 분명하다고 생각해서 구독을 했고 지원도 한 건데. 당황한 마음에 "글쎄요."라며 말끝을 흐렸다.

대화를 나눌수록 가관이었다. 홈페이지에 올라오는 기업 보도자료 말고는 기사를 쓰지 않는다는 건지 묻자, 그렇다는 식의 답변이 돌아왔다. 쓰긴 쓰는데 자주 있는 일이 아닌 듯했다. 그러면서 취재를 할 때 기업 홍보팀 직원들에게 머뭇거리지 않고 잘 질문해야 한다고 계속 강조했다. 취재를 머뭇거리게 하는 것은 뭘까.

자신은 전임자가 직접 취재하는 모습을 본 적 없지만 답변을 보면 알 수 있다고도 했다. "전임자가 그만뒀나 봐요?"라고 내가 묻자 그는 "전임자는 몇 년을 일했는데 아파서 그만뒀다."라며 "극작과를 졸업한 친군데 더 늦기 전에 책을 쓰고 싶어 했다."라는 말을 덧붙였다.

중년 남자는 특정한 말을 반복했는데 하나는 기업 홍보팀을 상대로 하는 취재를 잘해야 한다는 것이었고, 다른 하나는 사무실 식구들과 잘 지내야 한다는 것이었다. 업

무가 어려운 일은 아니고 평소에는 여유로울 것이라고도
했다.

"그런데 경력직을 뽑으시는 거예요?"

나도 모르게 튀어나온 말이었다. 그럴듯하게 꾸며진 채
용공고와 다른 업무 내용에 당혹스러웠지만, 그 와중에 나
름 상대방을 배려하겠다고 최대한 불쾌한 기색을 감췄다.
그러다 속마음이 튀어나왔다. 이름만 기자였지 기자가 아
니어도 할 수 있는 일이었다. 취재만 하고 기사를 쓰지 않
는 사람을 어떻게 기자라고 부를 수 있을까. 더군다나 질
문도 정해진 내용만 하면 된단다. 그 정도면 취재가 아니
라 그냥 주어진 질문지를 읽는 것이다. 그까짓 꺼 우리 엄
마도 똑 부러지게 한다.

"가르쳐줄 사람이 없으니까요."

그때 내가 깨달은 것은 면접을 보는 사람은 내가 아니
라 눈앞에 앉은 중년 남자라는 사실이었다. 경력직을 뽑는
이유는 그저 해당 업무를 가르쳐줄 사람이 없어서였다. 업
무 내용은 꼭 경력 있는 기자가 해야 하는 일도 아니었다.
애매모호한 답변이 이해되지 않아 나는 계속 질문을 했
다. 이쯤 되니 면접을 보러 온 내가 오히려 이 일자리에 대

해 면접을 하는 꼴이 되었다.

마지막으로 연봉 이야기가 나왔다. 내가 적은 희망연봉이 생각했던 것보다 많다고 느꼈던 모양이었다. 나는 좋아하는 언론사인 만큼 자기소개서 말미에 "돈을 많이 벌고 싶었으면 애초에 기자라는 직업을 택하지 않았을 것"이라면서 회사의 사정에 따라 얼마든지 협의하겠다고 적었다. 하지만 중년 남자는 내 자기소개서를 다 읽지 않았다. 그가 이전에 얼마나 받았느냐고 재차 묻기에 고민하다가 솔직하게 대답했다.

"그런데 이렇게 많이 적었어요?"

내가 적은 연봉은 3천만 원이 채 되지 않는 액수였다. 최근 흑자를 냈다지만 회사 사정이 썩 좋지는 않은 것 같아 깎고 깎아서 적은 금액이었다. 적어도 내가 서울에서 자립해 사는 데 필요한 최소한의 돈이었다. 액수는 서울에 있는 언론사 신입사원 연봉보다 낮거나 비슷했다. 초봉 2,400만 원부터 4천만 원 이상까지 천차만별이라 특정 짓기 어렵지만 서울에 위치한 언론사의 신입기자 연봉 중 아주 낮은 편에 속하는 것은 확실했다.

우리나라 임금은 서울에서 지방으로 갈수록 낮아진다.

임금이 제일 싼 곳은 제주도다. 광주는 광역시지만 도시 내에 기업이 많지 않고 일자리가 적어 젊은 사람들이 일자리를 찾아 외지로 떠나는 곳이다. 또 광주는 1990년 전후로 우후죽순 늘어난 언론사가 많아 경쟁이 심하고 언론이 예전처럼 영향력이 있는 것도 아니라서 사정이 매우 어려웠다. 그중에서도 내가 다니던 곳은 임금이 좋지 않은 편이었다. 여느 지역 언론이 그렇듯 경영 위기를 맞은 경험이 있었다. 지역 신문을 읽을 필요가 없는 공짜 뉴스가 널린 시대에 발 빠르게 대응하지 못했기 때문이다.

생활이 빠듯할 정도로 임금이 적었지만 내가 몸담았던 신문사가 부끄러운 적은 없었다. 더더욱 내가 그 연봉만 한 가격의 사람이라고 생각해본 적도 없었다. 언론이 어려운 건 우리나라만의 사정은 아니고 전 세계가 다 마찬가지다. 기자는 과로에 시달리고 업무 강도에 비해 적은 급여를 받는다. 그래도 누군가가 기자를 하려는 것은 보다 나은 사회를 만들고 싶은 꿈이 있기 때문이다. 하지만 그 적은 액수조차 높다는 타박을 들은 그 순간, 나는 나의 가치가 연봉으로 매겨진다는 것을 깨달았다.

내가 아무리 연봉으로 사람들의 값을 매기지 않아도 이

미 사람들은 나의 가치를 그렇게 매겼다. 중년 남자는 업무가 어렵지 않고 사무실 직원들과 형평성을 고려해야 한다고 말했지만 나는 이미 그의 무례한 반응에 마음이 상했다. 의례 "연락주세요."라고 말한 뒤 자리에서 일어나자 그가 면접비를 담은 봉투를 건넸다. 고맙다고 인사하고 나왔다.

지하철역으로 향하는 길에 봉투를 열어보니 현금 2만 원이 들어 있었다. 이틀을 날렸다는 생각이 들자 머리가 지끈거렸다. 갑자기 어깨에 큰 돌을 진 것처럼 몸이 무거워졌다. 손가락으로 관자놀이를 쿡쿡 눌렀다.

면접은 구직자만 치르는 것이 아니다. 처음 얼굴을 맞대는 자리에서 구직자는 면접 과정을 통해 회사를 탐색한다. 나는 시험장에서 또는 면접장에서 형편없는 회사를 참많이 봤다. 형편없는 회사라도 들어가려고 발버둥치는 내처지가 속상해서 울었던 적도 있다. 중년 남자가 말한 업무는 그동안 내가 좋은 기자가 되기 위해 애썼던 시간을 아깝게 만드는 일이었다. 그러면서도 한편으로 영영 적합한 자리를 찾지 못하는 것은 아닐까 불안했다. 화학공학과

미안해, 실수로 널 쏟았어

전공으로 석사를 받고도 여전히 일자리를 구하지 못한 친구에게 복잡한 마음을 털어놓았다. 그리고 친구의 조언에 비로소 결심이 섰다.

"전망도 없고 하고 싶은 일도 아닌데 넉넉지도 않은 월급만을 위해 회사에 다녀야 한다면, 그래 처음엔 먹고 살 수 있어 다행이라고 생각하겠지. 하지만 얼마 안 가 내 젊음을 헐값에 판다는 죄책감 때문에 매일 출근하는 길이 멀게 느껴질 것 같아."

나는 면접에서 중년 남자를 떨어트렸다.

처음 본 당신을 사랑하게 된다는 의미

나는 사랑을 했고
계속해서
또 다른 실수를 했다.

이십대의 연애는 실수의 연속이었다. 하나의 실수를 바로
잡으면 어느새 다른 실수를 하고 있었다. 사랑을 하면서
나는 아주 따뜻하고 포근한 감정을 경험했다. 연애를 하면
서 나는 상대를 이해하기 위한 지난한 과정을 견뎌야만 사
랑이라는 소중한 가치를 지킬 수 있다는 것을 배웠다.

　평생을 함께한 부모, 형제도 나를 이해하지 못해 다툼
이 벌어지는데 어떻게 연인이라는 이유만으로 서로를 온
전히 받아들일 수 있을까. '사랑으로 모든 것을 이해한다.'
라는 진부한 말은 사랑에 대한 환상을 부추기는 수사에
불과하다.

이십대 초반에 일곱 살 많은 남자친구와 짧은 연애를 했다. 살짝 찢어진 눈꼬리에서 느껴지는 차가운 인상과 달리 마음이 착하고 다정한 사람이었다. 하루는 남자친구의 친구를 내 친구에게 소개해주기 위해 자리를 마련했다.

그 무렵 나는 여성의 옷 노출과 관련해 엄청난 내적 저항을 하고 있었던 터라, 매번 사람들의 이목을 집중시키고 눈살을 찌푸리게 만드는 노출이 심한 옷들을 입고 다녔다 (누구나 한 번쯤 그런 저항을 꿈꾼다고 생각한다. 난 단지 실천했을 뿐이다). 그날 나는 맨 등이 드러나는 상의를 입고 자리에 참석했다.

처음 만난 남자친구의 친구가 미간을 찌푸리며 내 옷차림에 대해 비꼬았다. 지금은 그렇지 않지만 그 시절의 나는 일부러 상황을 곤란하게 만들어 상대를 시험하는 못된 버릇이 있었다. 그의 말이 불쾌하기는 했지만 그저 그 사람의 수준이 그 정도라는 것을 빨리 알려주는 지표라고 생각했다. 그러고는 언제 그랬냐는 듯 네 사람 모두 화기애애하게 대화를 나누며 시간을 보냈다.

어색했던 분위기가 풀리고 자리가 편해지자 남자친구의 친구가 남자친구에 대한 이야기를 꺼내기 시작했다. 그런데 그는 계속 오랜 친구라는 내 남자친구를 무시하고 얕잡아 보는 말들을 했다. 나는 당황했지만 처음 본 남자친구의 오랜 친구니까 별다른 제지는 하지 않았다. 남자친구의 표정을 살펴봤다. 난처한 듯 웃고 있었다. 나는 그의 표정을 이해할 수 없었다. 화가 난 건데 참고 있는 걸까, 당황한 걸까. 하지만 남자친구는 자리가 끝나고 둘만 남게 되었을 때도 내게 어떤 부연설명도 하지 않았다.

어린 나는 사랑이 사랑하는 사람에게 어떤 영향을 미칠 수 있는 권리를 가지는 것이라고 착각하고 있었다. 그래서 사랑을 핑계로 남자친구에게 화를 냈다(사랑을 하면 사랑하는 사람을 자기 자신과 동일시한다는 이론이 있다고 한다). 마치 내가 겪은 일처럼 속상해서 심하게 남자친구를 다그쳤다.

내가 화를 냈을 때, "그런 친구하고 친하게 지내지 말라."라는 말을 소나기처럼 퍼부었을 때, 왜 가만히 있었는지 이유를 물었을 때, 남자친구의 표정이 일시 정지된 영상처럼 또렷하게 기억난다. 그는 고개를 떨어트리고 바닥만 쳐다보고 있었다. 비에 흠뻑 젖은 채 떨고 있는 강아지 같은 얼굴을 하고 있었다.

그는 친구에게 그러지 않았던 것처럼 내게도 화를 내지

않았다. 내 말에 동조하면서도 자신의 친구를 비난하지도 않았다. 그저 참고 있었다. 나는 무엇인가 잘못되었다고 느꼈다.

결국 먼저 헤어진 것은 나와 남자친구였다. 남자친구는 나와 헤어진 이후에도 그 친구를 종종 만났고 교우관계를 유지했다. 남자친구에게는 어린 나의 사고와 경험으로는 이해하려고 애써도 잘 받아들일 수 없는 아픈 경험이 있었다. 10년도 더 지난 과거였지만 그의 인생에서는 현재 진행형인 경험이었다.

당시의 나는 미숙하고 어려서 그의 아픔을 잘 보듬어주지 못했다. 위로도 하지 못했다. 내가 건넨 위로는 허공을 맴도는 말뿐이었다. 내가 뱉었던 사랑이라는 고백이 알맹이 없는 텅 빈 밤껍질처럼 느껴졌다. 그날 이후로 남자친구와 나의 관계는 보이지 않는 투명한 벽을 넘지도 부수지도 못한 채 조금씩 멀어졌다. 더 이상 관계를 지속할 수 없겠다는 판단이 들었다.

비가 오는 날이었다. 남자친구는 헤어지는 마당에도 굳이 우산을 씌워주기 위해 나를 집까지 데려다줬다. 낡은 철문을 닫고 들어오자마자 나는 힘이 빠져 주저앉았다. 무릎을 끌어안은 채로 앉은 자리에서 흐느꼈다. 내가 너무 보잘것없고 초라하게 느껴졌다. 사랑한다는 말을 했으면서 사랑하는 사람의 아픔을 받아들이지 못해 도망쳐버렸다. 내가 그에게 가졌던 '사랑'이라는 감정이 부끄러웠다. 그동안 내가 믿었던 '사랑'이라는 가치는 이렇게 비루하고 볼품없는 것이 아니었다.

사랑이 무엇인지 진지하게 생각해본 적 없던 내게 그 사람과의 연애는 촛불에 지문을 데인 것처럼 아린 기억으로 남았다. 그 후로 나는 사랑을 시작할 때마다 상대방의 모든 것을 이해할 수 없다는 사실을 주문처럼 되뇌었다. 내가 사랑을 하는 것뿐이지 그 사람 자신이 되는 것은 아니라고 혼자 속삭였다. 그래도 언제나 연애는 어렵다. 사랑하는 마음을 예쁘게 주고받고 계속 간직하는 일은 많은 정성을 쏟아도 어려운 일이다.

나는 사랑을 했고 계속해서 또 다른 실수를 했다. 사랑하니까 헤어져야 했던 머리로는 납득할 수 없는 그런 연애도 해보았고, 상대방보다 나를 더 사랑해서 헤어졌던 연애도 해보았다. 크고 작은 너울 위를 부유하며 사랑에 관한 주관적인 가치관을 만들었다.

1. 사랑은 함께하는 것이다.
2. 사랑은 이해하지 못하는 면을 이해하기 위해 서로 노력하는 일이다.
3. 사랑은 천재지변과 같은 예기치 못한 사고를 맞닥뜨렸을 때 헤어지지 않고 서로를 지탱하는 일이다.
4. 사랑은 일상에서 매일 서로의 삶을 뜨겁게 아끼고 응원하는 것이다.
5. 사랑은 이해하지 못하는 상대를 위해 자신을 이해시키려고 부드럽게 설득하는 일이다.
6. 사랑은 내 몸의 일부를 떼어줄 수 있는 일이다.

솔직히 이런 사랑에 동감하는 사람이 있을지 의문이다. 그런 사람이 있다고 해도 내가 우연히 그 사람과 사랑을 할 확률은 아주 낮을 것이다. 나도 안다. 그래도 마음에 이런 사랑관 하나쯤 간직하고 있는 것도 나쁘지 않다. 또 다른 실수를 할지언정 했던 실수를 되풀이하며 스스로를 자책하지는 않을 테니 말이다.

처음 본 누군가를 사랑하게 되었다는 건 '첫눈에 당신에게 반했다.'라는 뜻이 아니다. 당신이 살아온 삶을 알고 싶다, 당신의 미래를 응원한다, 나도 모르게 당신에게 흠뻑 빠졌다, 그래서 마음을 다해 당신을 이해해보고 싶다는 의미다.

어른의 고백

스물아홉 살을 거쳐 서른 살.
어른이 되어도
삶은 완성되지 않는다.

나도 어른이지만 어른들은 별로 솔직하지가 않다. 어른들은 이런저런 이유로 가면을 쓰고 마음을 잘 감춘다. 그런데 종종 그런 어른들에게서 내면에 묻어둔 진심을 듣는 경우가 있다. 진심은 굳이 "이건 내 진짜 마음이야." 하고 강조하지 않아도 알아차릴 수 있다. 진심을 품은 말의 온기는 남다르기 때문이다.

　참 이상한 날이었다. 첫 직장을 그만둔 지 1년이 훌쩍 지났을 때였다. 그사이 나는 나이를 한 살 더 먹었고 곧 한 살을 더 먹을 예정이었다. 첫 직장의 편집국장으로부터 전화가 왔다. 처음에 나는 스마트폰을 들여다보며 눈을 의심했다.

나는 긴장을 해도 티가 잘 안 나는 편인데 편집국장의 전화는 어떻게 받아야 할지 몰라서 통화 내내 횡설수설했다. 사실 한국 사회는 어른들이 먼저 어린 사람에게 연락하는 경우가 잘 없으니까, 나로서는 상상 밖의 일이었다(게다가 난 1년도 되지 않아 뛰쳐나간 신입사원이 아니었던가).

국장님은 아마 평소라면 나에게 전화를 걸지 않았을 거라면서, 내가 새로 들어간 의료전문지에서 쓴 기사를 보고 연락했다고 밝혔다.

"다연이가 나가고 나서 내가 못해준 것은 뭘까 미안한 마음도 들고, 구조적인 문제가 있다면 뭘까 고민도 해봤어. 다연이가 욕심도 많았는데 무엇을 채워주지 못했을까 고민도 했고. 너희 동기들이 다 나가고 나서 국장으로서는 한 기수를 통째로 잃은 게 마음이 참 그렇더라. 자책감도 들고, 다른 사람이 그 자리에 있었으면 달랐을까 생각도 했다."

괜히 그 말을 들으니까 회사를 그만뒀을 때가 떠올라 마음이 아릿했다. 회사를 그만두고 수십 번 '나는 왜 그만뒀을까?' 하고 스스로에게 던졌던 질문도 다시 떠올랐다.

나는 "자책하지 마세요…."라며 말끝을 흐렸다. 마음이 무거워졌다.

처음엔 솔직히 국장님이 좀 원망스러웠다. 어쨌든 내 마음이 흔들렸던 계기는 인사발령 이후였으니까 말이다. 한동안은 그랬다. 그런데 회사를 그만두고 '정말 그게 전부였나?' 수십 번 되뇌었을 때 나는 외면하고 싶었던 속마음과 정면으로 마주할 수 있었다.

좋은 기자가 되고 싶었다.

그것은 나에게 간절하고 뜨거운 꿈이었다. 나는 일하는 동안 좋은 선배, 열정적인 동료들과 함께 뉴스에 대해 고민하는 시간을 가질 수 있어 가슴 벅차도록 행복했다. 내가 쓰는 한 줄의 문장이 세상을 바꾸지는 못해도 사회 곳곳에 작은 싹을 틔우는 씨앗이 된다는 데 만족했다. 그래서 나는 욕심이 점점 커졌다.

하지만 기자로 산다는 것은 단지 기사를 쓰는 직업을 가지는 일이 아니었다. 어떤 조직에 소속된다는 의미였고, 그것은 때때로 내가 동의하지 않는 기사도 써야 한다는 의미였다. 구성원들과 함께 발맞춰 걸어가야 한다는 뜻이었

관계,
오롯
이

다. 나는 어렸고, 의욕이 앞섰다. 내 꿈이 다른 사람의 꿈보다 먼저였다.

정면으로 마주한 마음속엔 '내 꿈이 먼저'라는 다분히 이기적인 마음이 있었다. 나는 후회했다. 좀 더 너그러운 사람이었다면 좋았을 텐데. 뒤늦은 미련이 양팔을 붙들고 나를 아프게 흔들었다. 잘해줬던 사람들에게 미안했다.

광주에서 만났던 이들은 가치관은 좀 다를지언정 마음이 따뜻한 사람들이었다. 곁을 내주는 데 시간은 걸렸지만 그들이 내게 해준 따뜻한 말은 진심이었다. 그 소소한 말들은 여전히 내 안에 남아 있고, 지금도 나를 좋은 방향으로 이끌어준다.

다연아, 너는 좋은 기자가 될 거야.
무엇을 하든 잘 해낼 거라고 믿는다.
너를 응원할게.

스물여덟 살, 스물아홉 살을 거쳐 서른 살. 어른이 되어도 삶은 완성되지 않는다. 매 순간 선택을 하고, 후회를 한다. 넘어졌다가도 툭툭 털고 또 앞으로 나아간다. 부모가

미안해, 실수로 널 쏟았어

되어도 환갑을 맞아도 여전히 엊그제처럼 후회를 하겠지. 애쓴다고 실수를 피할 수 없다면 후회라도 실컷 하자고 마음먹었다. 앞만 보고 달리는 일보다, 넘어졌을 때 아예 드러누워 하염없이 하늘을 바라보는 일도 중요하다. 왜 그랬을까, 진지하게 고민해봐야 다시는 그러지 않겠다는 다짐도 잘 실천할 수 있다.

마지막으로 하고 싶은 말. 다른 지역 언론사들도 모두 비슷하겠지만 지역 언론사들 스스로가 먼저 한계를 긋고 자신들의 가능성을 닫지 않았으면 좋겠다. 우리는 지역신문이니까, 그런 자조감을 가지는 것만으로도 기자들은 스스로에게 미안해해야 한다.

사람들은 전국적인 이슈를 다루는 메이저 언론사의 뉴스를 주로 챙겨보지만, 메이저 언론사도 팩트 체크를 위해 현장에 가야 하고, 때로는 무리하게 현장 취재를 거치지 않아 오보를 내기도 한다. 나는 지역 언론의 존재가치가 여기에 있다고 생각한다.

한국 사회는 수도권과 지방의 정보 격차가 심각하다. 수도권은 큰 노력 없이 새로운 정보를 얻을 수 있지만 지방은 사소한 정보라도 애를 써야만 얻을 수 있다. 언론사 경쟁력을 제고하기 위해 그들만의 세상에 살면서 끼리끼리 경쟁하기보다, 지역 언론이 스스로 정한 울타리 밖의 세계에 계속 관심을 가졌으면 좋겠다.

결코 몇 사람의 문제의식만으로는 부족하다. 지역 언론사라고 해서 한국의 지역 언론사로서의 생존법만을 고민하지 말고, 다른 나라의 지역 언론사들이 세계적인 변화에 어떻게 대처하는지 살펴봐야 한다. 또 구성원들이 능동적으로 참여해 롤모델을 찾는 변화를 시도했으면 한다. 지역 언론사들이 그저 나이만 지긋하게 먹을 것이 아니라 좀 더 나은 어른이 되기를 바란다.

미안해, 실수로 널 쏟았어

스물여덟, 스물아홉 그리고 서른

자신의 운명을
사랑하라.

서른을 며칠 앞둔 토요일이었다.

이른 아침에 용산역을 출발하는 기차를 타고 전주로
향했다. 피곤했지만 기차 안에서 쉽사리 잠들 수 없었다.
열차가 출발하자 객실 안 모습과 창밖으로 스치는 풍경이
빛의 움직임에 따라 교차되었다. 파란색 천이 씌워진 좌석
에 기댔다. 객실 안으로 깊숙이 침범했다 달아나는 빛을
눈으로 쫓으며 생각에 잠겼다.

십대가 어엿한 나무가 되기 위해 양분을 듬뿍 빨아들
이는 시기였다면, 이십대는 가지 끝에 겨우 피워낸 꽃과 잎
이 폭우에 사정없이 떨어지는 모습을 바라봐야 했던 시기

였다. 그렇다면 앞으로의 삼십대는 가지를 더욱 튼튼하게 키워 거센 비바람에도 꽃과 잎을 지켜내는 시기가 되지 않을까.

흔히 "나이는 숫자에 불과하다."라고 말한다. 너무 뻔해서 지루하게 들리지만 다른 의미로 아주 흥미롭다. 십대 땐 관계를 맺은 사람도, 큰 사건도 많지 않았다. 돌이켜보면 십대 시절은 30여 년간의 내 삶에서 그리 큰 자리를 차지하지 않는다. 하지만 이십대 때는 평소 만나기 어려운 다양한 사람들과 교류하고, 크고 작은 사건들 또한 많아서 초반, 중반, 후반이 전혀 다른 색깔의 이야기를 간직하고 있다. 내 삶에서 이십대가 차지하는 자리는 압도적이다. 그래서 나의 나이는 서류상 1990년에 태어난 이들과 같을지라도 영혼에 두른 나이테는 다르다. "나이가 숫자에 불과하다."라는 말은 그런 의미에서 일리가 있다.

사람들은 저마다의 시간 속에 살고 있다. 누군가는 일곱 살 이전의 삶에 굴곡이 깊어 그 시기에 겪었던 일들을 또렷하게 기억할 수 있다. 또 누군가는 교복을 입고 학교를 다니던 십대 시절을 특별하게 기억할 수 있다. 무난하고 조용했던 십대와 달리 이십대 초반이 재밌었던 사람에게는 기억의 무게가 앞선 이들과 다를 것이다. 똑같이 주어진 시간이지만 누군가는 나이를 먹고 누군가는 시간이 멈춰 나이를 먹지 않는다. 사람들은 그렇게 각자의 시간을 살아간다.

나는 아홉 살 때까지의 기억이 거의 없다. 기억하는 장면이 다섯 손가락 안에 꼽을 정도로 평온한 유년시절을 보냈다. 오래전 필름 카메라로 찍은 사진이 없었다면 더욱 그 시절의 기억이 희미했을 것이다. 십대 때 겪은 일들도 이십대에 겪은 일들에 비하면 특별하지 않았다.

나의 이십대를 잘게 쪼개 나눠보았다. 스무 살엔 과 소모임 활동으로 무대에서 밴드 공연을 해보았고, 성장기에도 트지 않았던 살이 술 때문에 튼 경험도 해보았다. 잠깐이었지만 사회적 기업을 알리는 학교 외부 동아리 활동을 하면서 사람들과 어울렸던 적도 있다. 스물한 살엔 30일치의 밥과 반찬을 싸들고 북유럽으로 막내 이모와 배낭여행을 갔다. 스물두 살엔 평범하게 학교만 다녀 별다른 추억이 없다.

스물세 살엔 첫 연애, 첫 키스, 첫 섹스 등 처음 겪는 일들이 많아서 세세하게 기억하고 있다. 페루로 교환학생을 갔고 거기서도 연애를 했다. 진로에 대해 고민이 많았던 무렵이라 스물셋은 나에게 더 특별한 해였다. 같은 해 교환학생을 다녀온 이후에는 언론인권센터에서 뉴스 보도를 모니터링하는 미디어모니터팀에 참여했다. 2년여간 1~2주에 한 차례 그곳에 참여하면서 기자라는 꿈에 확신을 가졌다.

스물네 살, 대학을 졸업한 이후에는 나이로 구분돼 기억나지 않는다. 대학을 졸업한 이후로 학년 개념이 사라져서 그런 듯하다. 대신 기억은 사건을 중심으로 머릿속에 각인되었다. 세월호 참사로 온 국가가 절망에 빠졌던 때에 엄마가 쓰러졌다는 소식을 들었다. 대학병원에 간 것은 태어나서 처음이었다. 수술실 앞에서 8시간을 기다렸다. 중환자실도 처음 가봤다. 내 옆에서 서럽게 우는 아빠와 동생을 보면서 마냥 슬퍼할 수 없었다. 엄마의 빈자리를 앞으로 누가 어떻게 채워야 할지 막막한 기분에 휩싸였다.

대학 졸업장을 받았지만 나는 지원하는 곳마다 번번이 떨어졌다. 자신감이 떨어졌고, 그런 상황은 연애할 마음의 여유마저 빼앗아갔다. 사귀는 사람마다 오래 만나지 못했다. 미래에 대한 불안이 나의 뒷덜미를 잡고 놔주지 않았다. 엄마는 천천히 회복되었다가 1년 뒤에 다시 시술을 받았다. 언제 다시 엄마가 쓰러질지 모른다는 걱정과 미래에 대한 불안이 엄청난 스트레스로 다가왔다. 대학을 졸업하고 3년 6개월 만에 언론사에 입사했다. 학생도 직장인도 아니었던 그 시기는 긴 터널 속에 있는 것처럼 깜깜했다.

이십대의 3년 6개월이라는 시간을 전문적인 경험을 축적하는 데 쓰지 못하고 취업 준비를 위해 써버렸다는 사실이 속상했다. 3년 6개월은 누군가에겐 자신의 소질을 바탕으로 숙련된 기술을 익히고 역량을 뒷받침할 만한 기반을 마련할 수 있는 기간이다. 물론 나 또한 그 시간을 헛되이 보내지 않으려고 고군분투했다. 인터넷과 오프라인으로 글쓰기 강좌를 6개 정도 들었고, 글쓰기 연습도 많이 했다. 하지만 그러한 개인적인 노력은 경력으로 인정받지 못하는 게 현실이다.

스물여덟 살, 비로소 첫발을 내디딘 길이 다행히 내 몸에 잘 맞는 옷처럼 만족스러웠다. 그러나 나는 1년도 채되지 않아 신문사를 그만둬야 했다. 나그네가 뜨거운 햇빛과 세찬 바람에 외투를 벗고 만 것처럼 나는 마음을 거세게 흔드는 의지 밖의 일들로 인해 그곳을 떠났다. 허탈한 심정이었다.

스물아홉 살, 나는 3년 6개월을 허비했던 처음 그 자리로 되돌아왔다는 생각을 떨칠 수 없었다. 전과 달라진 점이 있다면 뽐낼 정도는 아니지만 글을 쓰는 수준이 조금 나아졌다는 것 정도였다. 여러 강좌를 듣던 무렵에는 도무지 느는 것 같지 않았던 작문 실력이 부쩍 늘어나 있었다. 하지만 실상 대학을 졸업하고 이십대의 절반 가까이를 고군분투해서 얻은 것은 아무것도 없었다. 나는 업무 경력도, 돈도 얻지 못했다. 그러나 다행히 아주 작은 씨앗을 하나 얻었다.

글을 계속 써볼 만하다는 자신감.

어떤 식으로든 글을 쓰고 싶다는 의지와 쓸 수 있겠다는 자신감이 생겼다. 글을 읽어주는 사람들, 글을 더 잘 쓸 수 있도록 영감을 주는 벗들, 조언과 독려를 아끼지 않는 멘토들이 씨앗을 틔울 수 있게 도와주었다. 그렇게 나는 글을 쓰며 서른이 되었다.

서른 살, 이제 나는 씨앗을 화분에 심어 잘 키울 생각이다. 떡잎이 자라고 본잎이 나와 가지를 키우고 꽃을 피워 마침내 열매를 맺을 때까지 나는 끊임없이 고민하고 더 나은 글을 쓰기 위해 노력할 것이다.

사람들은 저마다의 시간 속에 살고 있다. 나의 시계는 오후 3시를 가리킨다. 『어린 왕자』의 사막여우처럼 오후 4시에 맞을 누군가를 기다리면서 행복해지는 시간이다.

기차가 전주역으로 들어섰다. 정신이 얼얼해질 정도로 매운바람이 플랫폼에 내린 사람들 사이를 파고들었다. 나는 양손을 주머니에 넣고 친구를 만나러 한옥 마을로 향했다. 3분 이상 손을 주머니 밖으로 꺼내놓으면 금세 빨개질 정도로 추운 날씨였지만 한옥 마을엔 사람들이 제법 많았다. 12월 마지막 주 토요일, 연인 또는 가족과 함께 외출한 인파였다. 친구는 평소에는 사람이 이보다 서너 배는 많다면서 몸을 오들오들 떨었다.

한옥 지붕을 쓴 상점 거리를 걷는데 한 남자가 "2분이면 완성되는 각인 반지가 있습니다. 보고 가세요!"라고 외쳤다. 가판대에서 제일 저렴한 8천 원짜리 반지를 고르자

가게 주인이 코팅된 종이 묶음을 건넸다. 인쇄된 종이에는 라틴어 문장이 수십 개 적혀 있었다.

"이 문장으로 해주세요."라고 말하며 주인에게 종이 묶음을 건넸다. 가게 주인의 말대로 정말 2~3분 만에 라틴어 문장이 새겨진 반지가 완성되었다. 기쁜 마음에 양손으로 반지를 건네받았다.

Amor fati. 자신의 운명을 사랑하라. 독일의 철학자 프리드리히 니체는 자신의 운명을 긍정적으로 받아들이라는 뜻에서 '아모르 파티'를 말했다. 고난에 굴복하지 않고 이마저도 삶의 일부로 적극 받아들이는 태도를 의미한다.

새로운 시작을 앞두고 마음을 다잡기 좋은 문장이다. 나의 이십대는 세간에서 떠드는 청춘의 모습처럼 눈부시게 빛나지만은 않았다. 그래도 그 시간을 소중하게 여기려 한다. 구질구질하고 볼품없던 삶의 순간을, 나의 운명을 찬란하게 사랑하려 한다.

미안해, 실수로 널 쏟았어

미안해,
실수로
널 쏟았어

어쩌다
서른

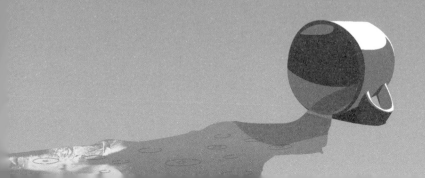

고배 그리고 편집국장의 전화

나는 고배를 마셨다.
술은 약주였다.

날씨는 내 정신 상태처럼 오묘했다. 구름이 잔뜩 꼈는데 비는 오지 않았고, 햇빛이 비치지도 않았다. 흐렸지만 그렇다고 또 어두운 것은 아니었다. 어정쩡하고 애매한 날씨. 허탈하고 막막한 마음만큼이나 어지러운 하늘. 잠이 깬 지 30분이 지났는데 도무지 침대에서 일어날 수가 없었다. 침대가 내 몸을 잡아당기는 것만 같았다.

1차 서류심사, 2차 필기시험, 3차 면접, 4차 최종면접까지 걸린 기간은 15일. 그러니까 내가 이번 회사에 지원해 최종면접에서 떨어지기까지 쓴 시간이 보름이라는 뜻이다. 나는 아침에 재수 없게도 최종면접에서 떨어지는 꿈을 꿨다. 하필 합격자 발표 당일에 말이다.

꿈에서 나는 시험을 치른 신문사 홈페이지에 들어가 합격자 명단을 확인했다. 내 이름과 비슷한 이름을 보고 기쁜 마음에 화면을 확대했는데 끝 글자가 달랐다. 상심하고 있던 중에 꿈에서 확 깼다. 개꿈이길 바랐는데 참 이런 꿈은 잘도 맞는다. 그날 난 합격 발표 전화를 받지 못했고 떨어졌다는 것을 직감했다.

짧은 시간 내에 치러진 시험인 만큼 긴장도 여느 때보다 많이 했다. 극도로 긴장한 상태로 2주를 보내고 결국 탈락하고 나니 허무하고 헛헛한 감정이 밀물처럼 밀려들었다. 다시 기운을 내서 뭘 할 수 있을까. 합격할 줄 알았는데, 첫 회사 시험을 치렀을 때보다 더 확신이 있었는데, 막상 다시 처음으로 돌아가야 한다고 생각하니 도무지 힘이 나지 않았다. 화라도 나면 좋겠는데 화도 나지 않았다. '왜 떨어졌을까?' 궁상맞게 되짚어볼 기운이라도 있으면 좋을 텐데 궁금하지도 않았다.

"왜 우리 딸을 떨어뜨렸을까…"

통화 중에 엄마가 혼잣말인 듯 아닌 듯 말했다.

"엄마. 사람이 사람을 좋아하는 데 이유가 없는데, 사람이 사람을 밀어내는 데 이유가 있겠어? 그냥 나보다 다른 누군가가 더 좋았겠지. 그렇게 생각할래."

그렇게 생각하는 데는 이유가 있었다. 최종면접 때문이었다. 8명의 1차 면접 합격자들이 한자리에 모였다. 구직자들이 다른 지원자를 볼 수 있는 기회는 사실 마지막 면접뿐이다. 물론 그것도 면접 방식에 따라 전혀 알지 못한 채로 헤어지는 경우도 다반사지만. 나는 그 자리에 모인 사람들을 보고 적잖이 놀랐다. 지원자들은 언제 언론사에 입사하더라도 이상할 것이 없는, 자질이 충분하다 못해 넘치는 사람들이었다. 그런 이들이 최종합격을 위해 2시간 동안 온 힘을 쏟는데, 나도 나지만 괜히 측은한 마음이 들었다(생각해보니 내가 제일 측은하다. 나는 면접관 4명과 지원자 7명 앞에서 평소에는 절대 안 하는 '회사 이름으로 4행시 짓기'를 했다. 그리고 탈락했다).

누가 되었을까 궁금하지도 않았다. 누가 합격해도 이상하지 않았다. 얼른 기운을 차려 다음을 준비해야겠다는 생각밖에 들지 않았다. 넋 놓고 있다가 채용시즌이 지나면 또 어영부영 시간이 흘러갈 것이다. 근심이 꼬리에 꼬

어쩌다 서른

271

리를 물었다. 이러다 그냥 30대를 맞으면 취업 준비로 보낸 내 20대의 절반은 어떻게 되는 건지, 생각도 하기 싫은 상상도 했다. '개똥밭에 굴러도 이승'이라는 옛말처럼 '백수로 보내는 청춘'도 괜찮은 것일까?

　이튿날에도 나는 침대에서 쉽사리 일어나지 못했다. 누운 채로 팔을 뻗어 머리맡의 커튼을 걷고 날씨를 확인했다. 하늘은 흐림. '아 왜, 억울해! 날씨라도 맑으면 좋으련만!' 이불을 걷어차며 괜히 성질을 부렸다. 짧은 머리카락을 마구 흩트렸다. '눈물도 나오지 않아. 울기라도 하면 가족들이 날 불쌍하게 여겨줄 텐데.' 하는 시답잖은 생각을 하며 시간을 때웠다.

　오후 4시 30분쯤이었다. 전화벨이 울렸다. 낯선 번호의 주인은 최종면접에서 떨어진 신문사의 편집국장이었다. 편집국장은 아쉽게도 나를 뽑지 못하게 되었다는 말을 꺼냈다. 나는 전날 꿨던 꿈 이야기를 했다. 체념한 상태여서 그런지 무덤덤했다. 편집국장은 미안해했다.

　"다연 씨 같은 사람이 기자를 해야 하는데…. 우리가 원래 뽑으려던 인원보다 덜 뽑아서 다연 씨와 함께하지 못하게 되었어요. 미안합니다. 대신 6개월 내에 채용을 하게 되면 공고를 내기 전에 다연 씨에게 연락을 줄게요. 다른 곳에 있다가 우리 회사로 꼭 와줘요."

2분가량의 짧은 통화였다. 기분이 아리송했다. 속상하거나 원망스러운 마음은 들지 않았다. 처음 접하는 낯선 상황이 신기하게 느껴졌다. 면접 본 회사에서 떨어졌다는 말을 들었는데 오히려 기분이 좋았다. 살다 보니 내가 이런 이야기를 듣는 날도 오는구나. 보름 동안의 시간이 결코 헛되지 않게 느껴졌다.

편집국장의 태도는 근사해 보였다. 평소 사람을 소중히 여기는 성품을 갖고 있더라도 탈락한 사람에게 전화를 거는 일은 쉽지 않다. 게다가 연배가 있는 어른이 직접 미안하다고 말하는 모습은 한국 사회에선 쉽게 상상할 수 없는 일이다.

나는 이해득실을 따지는 성격답게 채용 과정에서 얻은 것과 잃은 것을 셈했다. 잃은 것은 시간, 다른 언론사 채용 기회, 정신 건강 등이다. 얻은 것은 면접 스킬, 뻔뻔함(4행시를 하다니!)이다. 마지막으로 편집국장과의 통화를 통해 크

어쩌다 서른

273

게 깨달은 바가 있다. 편집국장의 언행은 품격 있는 어른의 모습이었다. 나도 시니어 기자가 되면 그처럼 말할 수 있는 어른이 되고 싶다. 그래, 이거면 충분해. 나는 잃은 것보다 얻은 것이 많았다.

그 밤, 소주를 마셨다. 술은 무지하게 썼다. 잔에 담긴 쓴 술이 독주인지 약주인지는 술을 마신 사람만 안다. 나는 고배를 마셨다. 술은 약주였다.

퇴사부터 입사까지

새로운 회사에
지원서를 넣은 것은
우연이었다.

퇴사라는 키워드를 다루는 책이 늘었다. 서점 진열대에 놓인 책들은 퇴사를 이룰 수 없는 꿈이나 환상으로 묘사한 것처럼 보였다. 그런데 퇴사는 정말 근사한 일일까? 나는 퇴사 후 1년여 동안을 직장 없는 상태로 보냈다. 간혹 일감이 있었지만 벌이는 시원치 않았다. 막상 퇴사를 하고서 내가 느꼈던 복잡한 감정은 행복보다는 불행에 가까웠다.

　나는 일을 하면서 성취감을 느끼고 싶었고, 돈을 벌어서 안정적인 생활도 하고 싶었다. 막상 퇴사를 하니 일을 하면서 느꼈던 만족감은 어디서도 채울 수 없었다. 시간적인 여유는 생겼지만 돈이 없어 집에서 멀리 떠나지 못했

어쩌다 서른

다. 정작 친구들은 일하느라 바빠서 나는 일을 할 때나 하지 않을 때나 그들을 만날 수 없었다. 나는 그냥 직업을 잃었을 뿐이었다. 자아실현은 딱히 이루지 못했고, 행복하지도 않았다.

사람들이 진정 바라는 것은 나의 바람과 마찬가지로 퇴사가 아니라 일하면서 보람을 느끼고, 돈도 좀 벌고, 사람답게 사는 삶이다. 긴 노동 시간과 비인격적인 대우는 사람을 마음 깊은 곳에서부터 갉아먹는다. 회사는 이를 알고도 모른 척한다. 일자리 경쟁이 심한 사회에서는 이런 불합리함을 알면서도 제 발로 찾아오는 사람들이 많다. 일부 회사에서 직원은 그저 누가 와도 상관없는 자리를 채우는 부품이다. 이런 사회에서 사람들이 회사를 탈출하려는 이유는 단지 일이 싫거나 자아실현 때문만은 아니다.

나는 새로운 회사에 입사했다. 입사 직전 두 달은 컨디션이 최악이었다. 직장 생활보다 구직 생활이 2배는 더 힘들었다. 자발적으로 나를 다그쳐야만 했다. 나는 내가 원하는 일을 쉽게 얻은 경험이 없다. 그래서 혹여 나태해질까 자꾸만 스스로를 벼랑 끝으로 내몰았다.

새로운 회사에 지원서를 넣은 것은 우연이었다. 누군가 커뮤니티에 글을 올렸다. 자기는 이십대 초중반에 기자를 준비한 적이 있었고 지금은 마케팅 업무를 담당하고 있다며. 회사에서 기자를 뽑고 있는데 관심이 있으면 오픈카톡방 주소로 들어오라는 것이었다. 순전히 호기심이었다. 이미 언론사 두 곳의 전형을 치르는 중이었고, 규모가 작은 언론사에 갈 생각은 전혀 없었다.

대화는 특별하지 않았다. 익명의 대화자는 글을 올린 사람이 맞나 의심스러울 정도였다. 그는 시니컬하게 회사에 대해 말했다. 회사를 찬양하는 것 같지 않았지만 딱히 싫어하는 것 같지도 않았다. 그런 점 때문에 나는 그 회사가 더 궁금해졌다. 이력서를 넣은 당일에 문자를 받았다. 전화도 아니고 문자라니. 전화는 여러 번 받았지만 문자는 처음이었다. 다음 주 월요일에 회사로 올 수 있느냐는 메시지였다. 나는 덥석 그러겠다고 답했다.

무엇 때문에 끌려서 그랬는지 모르겠다. 그냥 잘 모르지만 눈으로 보고 싶었고, 잘 모르지만 마음이 끌렸다. 사실 다른 언론사에 가려고 준비를 하고 있던 터라 정말 내가 이 회사에 입사할 것이라고는 상상도 못했다. 적어도 방문하기 전까지는 말이다.

회사를 처음 방문한 날, 나는 간단한 필기시험을 치르고 면접을 봤다. 그날따라 다른 면접에서 그랬듯이 준비한 말을 로봇처럼 쏟아내고 싶지 않았다. 나는 횡설수설 생각나는 대로 그러나 소신껏 진심을 다해 말했다. 회사에 대해 궁금한 점도 꼬치꼬치 물었다. 면접을 보고 집에 돌아가는데 묘한 기분이 들었다. 친구에게 전화를 걸었다.

"나 왠지 이 회사에 다니게 될 것 같아."

그날 밤, 나는 회사로부터 메일을 받았다. 지난 회사와의 이별이 예기치 못했듯 새로운 회사와의 만남도 갑자기 이루어졌다. 인연이 있다면 이런 것일까. 사귀려고 작업 중이던 사람하고는 실컷 썸만 타고 정작 생각지 못한 그 옆의 사람과 사귀었던 경험처럼 말이다(설마 나만 그런 경험이 있는 건 아니겠지).

나는 의료전문지에 들어가게 되었다.

지금이 아니면

나이를 먹을수록
꿈의 면적은 줄어든다.

"넌 다른 사람과 삶의 기준이 다른 것 같아."

이 말을 들었을 때 내 표정은 굉장히 심드렁했다. 5m가 훌쩍 넘는 나무에서 낙엽이 후드득 떨어지고 있었다. 물에 젖은 나뭇잎이 찬바람을 타고 몸을 흔들더니 내 머리 위에 앉았다. 진지하게 말하는 친구 앞에서 나는 콧방귀를 끼며 머리 위로 떨어진 나뭇잎을 털어냈다. 내 삶은 이번 생이 처음이자 마지막이다. 죽기 전까지 해보고 싶었던 일을 다 못 해볼 것 같아 매일 전전긍긍하는데, 어떻게 내 삶을 타인의 기준에 맞추고 살 수 있을까.

연고도 없는 광주에서 지역 일간지 기자로 취업했다고

어쩌다 서른

279

이사를 간다고 했을 때, 친구들은 내가 영영 돌아오지 않을 줄 알고 작별인사를 했다. 정작 나는 별 생각이 없었다. 스무 살 이후로 정착을 한 적이 없고 늘 이삿짐을 싸고 풀기를 반복했기 때문이다. 낯선 도시에서 산다는 것이 장애물처럼 느껴지지 않았다.

그러다 갑자기 회사를 그만두고 서울로 돌아온 내가 듣도 보도 못한 의료전문지 기자가 되었다고 이야기하자, 친구들은 당황스러운 표정으로 축하 인사를 건넸다. "그런데 거기는 뭐하는 데야?" 어쩌지. 나도 뉴스를 만드는 언론사라는 걸 빼고는 사실 아는 게 하나도 없는데. 나는 그렇게 두 번째 회사에서 일을 시작했다. 어디든 뉴스를 만들 수 있고, 내가 기자답게 일할 수 있는 곳이라면 상관없었다.

의료전문지에 오게 된 것은 내 계획에 전혀 없던 일이었다. 일단은 첫인상이 좋았고, 의료 분야라는 특수한 영역에 대한 관심도 컸다. 누군가는 전문지를 일간지의 하위 개념으로 치부하며 '남들은 종합지로 넘어가려 안달인데 왜 전문지로 왔냐?' 하는 뉘앙스로 이유를 물었다. 딱히 이유랄 것은 없지만, 나는 그저 철 따라 부서를 이동해 특별한 분야에 깊이 고민하기 어려운 종합지보다 한 분야에 대해 깊이 알 수 있는 전문지가 더 매력적으로 느껴졌다.

어떤 일이든 '일장일단(一長一短)'이 있다. 지금이 아니면 의료전문지에서 뉴스를 만드는 경험을 할 수 없겠다고 판단했다. 모든 일에는 다 때가 있는 법이다. 나는 지금 이 순간이야말로 이 일을 즐겁게 할 수 있는 때라고 믿었다.

나이를 먹을수록 꿈의 면적은 줄어든다. 겁도 많아진다. 불확실한 미래에 거의 완벽하게 대비하지 않으면 걱정이 끊이지 않는다. 어릴 땐 왜 안정적인 직업과 예측 가능한 꿈에 매달리라고 강요하는지 이해하지 못했다(이런 주장을 하면서도 주식을 하는 우리 엄마는 정말이지 이해할 수 없다). 지금은 어렴풋하게 그 마음을 알 것 같다. 나이를 먹을수록 사회는 나에게 열정과 패기 대신 노련하고 세련된 기술을 요구할 테니 말이다.

이른 나이에 지역 시의원이 되어 주변 사람들을 깜짝 놀라게 한 신문사 동기 오빠도 걱정은 많다. 남들이 보기에 젊은 나이에 일이 잘 풀렸다고 여길 만한 위치에 있는데도 늘 불안한 미래를 염려한다. 꿈꾸던 일을 계속할 수 있을까, 혹여 다음에는 열심히 일할 수 있는 기회조차 주어지지 않는 게 아닐까, 이런저런 생각이 많다고 한다.

나는 지금의 회사에서 매일 꿈꾸는 기분으로 일하고 있다. 살면서 병원을 이렇게 밥 먹듯 드나드는 일을 하리라고는 상상하지 못했다. 흰 가운을 입은 수많은 의사들 사이에서 노트북을 펼치고 타이핑을 하는 날이 올 줄은 몰랐다. 무엇보다 내가 평생 관심을 쏟아왔던 사회 분야가 아닌 의료 분야를 공부할 것이라고는 꿈에서조차 상상해본 적이 없다. 하지만 나는 나의 뿌리가 여전히 그곳에 있다고 믿는다.

그러나 지금이 아니면.

지금이 아니면 이 일을 하지 못할 것 같다. 지금 나는 이방인처럼 의료 분야의 울타리를 어슬렁거리고 있다. 그들의 생각에 깊이 동화하지 못하면서도 어떨 땐 일리가 있다며 고개를 끄덕인다. 우연히 들어선 길에서 나는 한국 사회가 손 놓고 있는 보건의료 시스템의 맹점과 민낯을 낱낱이 보고 있다.

이곳에서의 경험이 미래에 나를 어디로 이끌지 또 알

미안해, 실수로 널 쏟았어

수 없는 일이다. 이왕 이렇게 시작했으니 남들은 대충 보고 설핏 보는 한국의 보건의료 분야를 아주 자세히 들여다보고 싶다.

혼자서 견뎌내야 하는 시간

우리는 각자의 고통을
혼자서 견뎌내야 한다.

울고 싶었는데 차마 울지 못했다. 내가 울면 앞에 앉아 있
는 서른아홉 살의 여자는 더 크게 울 게 뻔했다. 단정한
차림으로 곱게 화장을 하고 긴 머리를 뒤로 예쁘게 묶은
여자는 어깨를 떨고 있었다. 그녀가 보드라운 손으로 내
손을 맞잡자 온몸으로 미세한 떨림이 전해졌다. 나는 그녀
가 걱정되었지만 더 이상 위로할 방도가 없어 꾸벅 인사를
하고 헤어졌다.

　의료전문지에서 일하면 '사회적 타살'을 마주하는 일이
없을 줄 알았다. 세월호 유족들에게서 보았던 슬픔의 심연
을 또다시 보지 않아도 될 것이라고 생각했다. 그건 착각

이었다. 사회적 타살, 건강한 사회라면 죽지 않았을 애꿎은 이의 죽음은 낡은 톱니바퀴로 꾸역꾸역 돌아가는 한국 사회 곳곳에 도사리고 있었다.

희생자는 비단 국가로부터 제때 구조받지 못한 세월호 탑승객들이나, 위험의 외주화로 허망하게 생을 마감한 구의역 스크린도어 외주업체 김 군, 제주 특성화고 현장실습생 이 군, 태안화력발전소 김 군뿐만이 아니었다. 놀랍게도 소위 엘리트라서 대우받고 일할 것 같은 의사들도 예외는 아니었다.

그녀는 2019년 2월 1일 인천 모 병원 당직실에서 숨진 채 발견된 소아청소년과 전공의의 누이였다. 전공의는 의사 면허를 가진 이들로, 의대를 졸업하고 전문의 자격을 얻기 위해 종합병원급 이상의 의료기관에서 수련을 받는 이들을 지칭한다. 인턴, 레지던트라 불리는 사람들이 바로 전공의다.

한국 의료 시스템에서 전공의들이 하는 역할은 막중하다. 종합병원으로 환자가 몰리는 국내 의료문화 특성상 전공의들은 잡일부터 중요한 의료 행위까지 현장에서 가장

어쩌다 서른

285

많이 발로 뛰는 이들이다.

숨진 소아청소년과 전공의는 소위 '사람을 갈아 넣는 곳'
이라고까지 표현되는 고되고 바쁜 의료 현장에서 36시간
연속 근무를 하던 중에 사망했다. 그의 나이는 고작 서른
세 살이었다.

그의 누이는 동생의 죽음을 충분히 슬퍼하고 받아들이
기도 전에 병원 때문에 큰 상처를 받았다. 병원의 그 누구
도 병원에서 일하다 숨진 동생의 죽음을 제대로 설명해주
지 않았다. 심지어 직원이 사망하면 받을 수 있는 장례 절
차에 대한 기본적인 혜택까지 설명해주지 않았다.

누이의 동생은 모 병원에서 만 3년을 일했지만, 해당 병
원에서 동생의 죽음은 직원의 죽음으로 받아들여지지 않
았다. 그게 한국 의료 시스템에서 전공의가 처한 현실이었
다. 부끄러운 민낯이었다.

그의 누이를 처음 본 곳은 대한전공의협의회가 전공의
의 죽음에 대해 목소리를 내기 위해 마련한 기자회견에서
였다. 그녀는 고운 얼굴에 단정한 차림으로 동생의 죽음을
대하는 병원의 태도를 지적했고, 여전히 의료 현장을 지키

고 있는 동생의 동료들을 염려하는 목소리를 냈다. 여태 봐왔던 유족들과 달리 침착하고 논리정연한 그녀의 모습을 보고 나는 깜짝 놀랐다.

그러나 겉으로 보이는 단단하고 차분한 모습은 그저 슬픔을 주체하기 위해 자기 자신에게 억지로 건 주문의 결과였다. 두 번째 우연한 만남에서 그녀는 나의 얼굴을 기억하고 먼저 다가왔다. 나는 기자회견장에 취재를 간 수많은 기자들 중 한 명이었을 뿐인데, 그녀는 도리어 나에게 고맙다고 말했다.

끈적끈적하고 비릿한 슬픔이 가슴속에서 코끝까지 단번에 치솟았다. 한국 사회가 건강했다면 그녀가 그런 식으로 동생의 죽음을 맞닥뜨릴 일도 없었을 것이다. 동생 역시 무사히 전문의가 되어 많은 아이들을 치료하며 사회에 기여했을 것이다. 유족인 그녀가 기자인 나에게 고맙다고 말하는 것 자체가 무언가 잘못되어도 한참 잘못되었다는 생각이 들었다.

그녀는 기자에게 고마워할 이유가 전혀 없다. 기자는 더 나은 사회를 만들기 위해 일하는 사람인 동시에 더 나은 사회를 만들지 못해 무기력하게 비극을 지켜보는 사람이기 때문이다. 한국 사회의 부조리와 비극이 "고맙다."라는 그녀의 말 한마디에서 비명 섞인 폭죽처럼 터지는 것 같았다. 나는 어깨 너머로 밀려오는 슬픔을 견디기 힘들어 울고 싶어졌다.

기사를 쓰러 그만 가보겠다는 내 손을 붙잡고 그녀는 밥을 먹고 가라고 재차 권했다. 나는 마지못해 그녀와 함께 저녁을 먹었다. 그때 먹은 밥이 입으로 들어갔는지 코로 들어갔는지 잘 기억나지 않는다. 밥이 나오는 동안 그녀는 동생과 비슷한 또래인 내게 밥 먹고 일하라고, 무리해서 열심히 일하지 말라고, 자기 몸은 꼭 챙기라고 신신당부했다.

그녀는 동생이 그렇게 떠날 줄 알았으면 남들도 다 힘들게 사니 열심히 하란 말 따위는 하지 않았을 것이라고 했다. 연로한 부모님이 계시니 자기라도 더 씩씩해져야 한다며 공깃밥을 크게 떠먹을 때도 그녀의 까만 눈동자에는 눈물이 어려 있었다.

"그런데 기자님, 이름이 뭐죠?"

나는 그녀에게 두 번째로 명함을 건넸다. 그녀는 기자들에게 받은 명함을 폰케이스에 차곡차곡 넣어 보관했다.

아마 그사이 어딘가에 나의 첫 번째 명함이 있을 것이다.

그녀는 사람들의 얼굴은 기억하겠는데 명함에 새겨진 글자를 보면 도무지 읽지 못하겠다고 했다. 눈물 때문에 시야가 흐려져 그런 것일까. 그것은 겉으로는 강단 있고 차분해 보이는 그녀가 실제로는 주체할 수 없는 슬픔을 온몸으로 견디고 있다는 뜻이었다.

"명함은 많으니까요, 또 필요하면 말씀하세요."

그녀를 꼭 안아주고 싶었다. 하지만 그러지 못했다. 지하철을 타고 집으로 돌아가는 길 내내 기자로서 내가 해줄 수 있는 게 별로 없다는 생각이 들었다. 힘이 빠졌다. 밤에 미지근한 물로 샤워를 하고 노트북을 펼쳤다. 기사를 마무리하면 자정이 넘을 것 같았다.

기사를 쓰는 동안에는 오롯이 혼자여야 한다. 그 시간이 그날따라 유독 지독하게 외롭고 쓸쓸했다. 기자로서 짊어져야 하는 이 사회의 무게가 어깨를 강하게 짓눌렀다. 타닥타닥 타이핑을 치는 손가락 끝이 바늘에 찔린 것처럼 따가웠다.

사방이 고요한 일요일 밤, 기자라면 기사를 쓰는 시간

을 혼자서 견뎌야 한다. 같은 시각, 그녀는 동생을 잃은 아픔을 홀로 견뎌야 한다. 울다가 지쳐서 잠들고 새벽에 깨어나 화장을 겨우 지우고 다시 잠이 든다는 그녀.

우리는 각자의 고통을 혼자서 견뎌내야 한다. 오롯이 혼자서 인내해야 한다. 삶을 누구도 대신 살아줄 수 없다는 게 인류의 진정한 비극은 아닐지⋯.

깊은 어둠을 찢고 떨어지는 빗방울

오로지 글을 쓸 때만
충만한 희열감을
느낄 수 있었다.

오른손 엄지손가락으로 커터칼의 손잡이를 밀었다 당겼다. 연필을 깎거나 택배상자를 뜯을 때 말고 쓴 일이 없는데도 칼등은 살짝 녹이 슬어 있었다. 칼날에는 찐득한 풀도 묻어 있었다. 칼날을 뺐다 넣으며 커터칼이 내는 뭉툭한 소리에 귀를 기울였다. 멍하니 무슨 생각인지도 모르는 생각을 하염없이 했다.

　오늘은 책상 앞에 앉아 커터칼이 칼집을 드나드는 소리를 배경 삼아 창밖 밤하늘을 바라보고 있다. 문득 저 어둠을 칼날로 살살 갈라보고 싶었다. 어둠의 배를 찢으면 차가운 빗방울이 툭 하고 떨어질 것만 같다.

글이 도무지 써지지 않을 때가 있다.

임신 테스트기에 빨간 줄이 두 줄 그어진 것도 아닌데 빈 화면, 하얀 도화지, 새 노트, 깜빡이는 커서만 보면 입덧을 한다. 기사를 썼다 지우고, 원고도 썼다 지우기를 수차례. 마감이 코앞에 닥친 글은 어쩔 수 없이 꾸역꾸역 써서 마무리를 짓는다. 마감이 아직 남아 있는 글은 심통이라도 난 듯 쳐다보지도 않는다.

글을 열심히 잘 쓰는 친구가 있다. 갑자기 호기심이 일어 그 친구에게 "너는 왜 글을 쓰느냐?"라고 따지듯이 물었다. 내심 질문을 던지고도 정작 친구가 사변적인 말들을 잔뜩 늘어놓으면 어쩌나 걱정했는데, 의외로 괜찮은 답이 돌아왔다.

"쓰고 싶으니까?"

답변이 가려운 곳을 긁어주지는 않았지만 꽤 그럴듯하게 들렸다. 글이 써지지 않아서 하릴없이 밤하늘을 보다가 태어나서 처음으로 누군가에게 '왜' 글을 쓰는지 물었다. 그건 사실 나에게 하는 질문이었다. 처음 글짓기를 했던 열두 살 때부터 이날 이때까지 내가 왜 글을 쓰고 있는지 깊게 생각해본 적이 없다. 누군가 이유를 물을 때면 기

미안해, 실수로 널 쏟았어

호식품에 대해 이야기하듯 무심하게 좋아서, 재밌어서라고 이야기했다.

하필 그때 그 친구가 마음이라도 꿰뚫어본 듯이 나에게 되물었다. "너는 왜 쓰니?" 그 순간 직관적으로 "오르가슴을 느끼기 위해서."라고 대답했다. 그렇다. 나는 오르가슴을 느끼기 위해 글을 쓴다. 수많은 일들 중에서 오로지 글을 쓸 때만 뱃속 깊은 곳에서부터 끓어오르는 충만한 희열감을 느낄 수 있었다.

글은 문자를 문법에 맞게 조립해 나열한 것에 불과한 것일 수도 있다. 그러나 나는 종이나 화면에 문신처럼 새겨진 글자들이 모여 창조하는 현실 너머의 세계가 흥미진진하고 좋았다. 내가 하는 짓은 겨우 글자를 조합해 문장을 만드는 일이지만 그 문장은 새로운 세계를 만드는 힘을 가졌다.

나는 문장을 씀으로써 내 몸과 몸이 존재하는 3차원 세계를 벗어나 자유로워질 수 있었다. 그때 느끼는 극도의 자유로움과 희열을 떠올리면 실은 만족스러운 섹스를 할 때 느끼는 오르가슴 그 이상이지만, 무어라 달리 표현할

말이 생각나지 않으므로 이렇게 비유한다.

커터칼을 칼집에서 뺐다 넣었다 무의미한 행동을 반복
했다. 거짓말처럼 빗방울이 툭툭 떨어지더니 이내 주머니
에서 쏟아진 구슬처럼 와르르 쏟아져 내렸다. 어쩐지 민소
매 속옷만 걸친 겨드랑이 밑이 시리더라니.

빈 화면에 커서만 깜빡이는 노트북을 접고 자리에서 일
어났다. 창문을 열고 집 안으로 비스듬히 들어오는 빗방
울을 맞으며 멀리 서울의 밤을 응시했다. 낭만이라고는 쥐
뿔도 없는 못생긴 빌딩투성이 도시. 누가 서울의 밤이 아
름답다고 말한다면 분명 우리 동네는 아닐 것이다.

엎지른 물처럼 어쩌다 서른

서른은
실수처럼 왔다.

예전처럼 비가 자주 내리지 않는다고 느끼는 건 나뿐인가.
봄이면 봄비가, 여름이면 장맛비가, 가을엔 가을비가, 겨울
에는 눈도 비도 아닌 진눈깨비가 꾸역꾸역 숙제를 제출하
는 학생들처럼 잊지도 않고 찾아왔었다. 그런데 언제부턴
가 봄비는 어땠는지, 여름에 장마철이 지나가기는 했는지,
낙엽이 흠뻑 젖을 만큼 가을비는 왔는지, 진눈깨비라고 느
낄 만한 뭔가가 내리긴 했는지 기억이 가물가물하다.

하다못해 여우비라도 좀 내리면 좋으련만 마음을 적실
만큼 충분한 비가 오지 않는다. 덕분에 몸을 씻다가 갑작
스러운 단수를 경험한 사람처럼 찝찝하고 개운하지 않은

나날이 계속 이어지고 있다. 나는 그런 상태로 엉겁결에 서른을 맞았다.

1월 어느 날이었다. 그날따라 손만 대면 물건을 망가트리거나 평소와 별반 다르지 않은 몸짓에도 주위에 있는 물건을 떨어트리는 실수를 연달아 했다. 기어코 테이블 위에 놓인 컵을 툭 쳐서 넘어트렸다. 컵에 가득 담긴 물이 콸콸 쏟아졌다. 엎지른 물은 자연스럽게 흘러 테이블 끝으로 향했고, 바닥으로 뚝뚝 낙하했다.

당황하지 않고 나는 컵을 바로 세웠다. 걸레를 가져와 엎지른 물도 닦았다. 서른이 된 새해는 어젯밤 끝에 기워진 오늘의 낮일 뿐. 나의 일상은 어제처럼 오늘도 똑같이 반복되고 있다.

'서른이 이렇게 왔구나.'

걸레질을 하면서 서른이 되었다는 사실을 실감했다. 나는 아주 조금 느긋해졌다. 10년간의 긴 여행을 마치고 집으로 돌아온 기분이었다. 내 이십대가 마냥 즐겁고 신나기만 했다는 뜻은 아니다. '청춘'이라는 단어가 품은 눈부시고 짤짤한 아름다움이 위선적으로 느껴질 만큼 나는 내면의 소리와 세계와의 마찰 사이에서 서툴고 외로운 싸움을

미안해, 실수로 널 좋았어

했다. 그리고 진실로 내 몸과 영혼의 주인이 되었다.

서른은 실수처럼 왔다.

아직 삼십대가 될 준비는 되지 않았는데, 어른답지 못한 구석이 여전히 많은 것 같은데 나는 실수로 물을 쏟은 것처럼 갑자기 삼십대가 되었다. 기억도 나지 않는 흐릿한 유년기가 끝날 쯤 십대가 되었고, 학교와 집을 쳇바퀴처럼 오가다 이십대가 되었고, 이리저리 흔들리고 상처 입다 삼십대가 되었다. 서른이 되었다는 걸 제대로 실감도 하지 못하면서 엎지른 물을 초연하게 닦고 있는 내 모습이 새삼스러웠다.

완연한 봄을 기다리는 요즘 매일매일 나 자신에게 놀라고 있다. 다시는 이십대 때의 첫사랑처럼 누군가를 뜨겁게 사랑하는 감정을 느끼지 못할 줄 알았다. 하지만 서른의 초입에서 나는 언제 다시 느낄 수 있을까 싶을 정도로 진심을 다해 누군가를 열렬히 좋아하고 있다.

누군가에게 호감이 생겼을 때 예전의 나는 관계를 분명하게 확정 짓고 싶어 조급해했다. 이제는 그러지 않는다. 그 사람이 나에게 호감이 있는지 없는지 불분명한 지금 이

어쩌다 서른

순간조차도 행복하고 소중하다. 매일 조금씩 떠올릴 수 있
는 사람이 있는 것만으로도 일상은 이미 벚꽃이 흐드러지
게 핀 봄이다.

　이십대 때는 초라하다고 느껴졌던 짝사랑의 감정이 더
이상 하찮게 느껴지지 않는다. 서른의 나는 마냥 기다리
지도, 홀로 상상의 세계에 흠뻑 빠지지도 않는다. 성실하
게 일을 하면서 매일 한 티스푼씩 그 사람을 생각하고, 그
사람이 즐거운 하루를 보냈으면 하고 바란다. 어떤 계산도
하지 않고 순수하게 좋아할 수 있는 이 마음을 내 안에 다
시 품을 수 있어서 다행이다.

　사랑도, 일도, 관계도 서툴렀던 이십대를 그만 보내주려
고 한다. 설익은 사과처럼 떫고 저주에 걸린 것처럼 손길
닿는 곳마다 실수했던 그 시기가 있었기에 조금 느긋하고
여유를 가진 서른을 맞을 수 있었다. 삼십대에는 또 삼십
대만의 새로운 고민거리가 있겠지만 지금 당장은 아무 생
각도 하고 싶지 않다. 내일의 걱정은 내일에 맡기고 오늘은
행복할 거다.

미안해,
실수로
널 쏟았어

미안해, 실수로 널 쏟았어

초판 1쇄 발행 2019년 9월 25일
지은이 정다연
펴낸곳 믹스커피
펴낸이 오운영
경영총괄 박종명
편집 이광민 · 최윤정 · 김효주 · 채지혜
마케팅 안대현 · 문준영
등록번호 제2018-000058호(2018년 1월 23일)
주소 04091 서울시 마포구 토정로 222 한국출판콘텐츠센터 306호(신수동)
전화 (02)719-7735 | **팩스** (02)719-7736
이메일 onobooks2018@naver.com | **블로그** blog.naver.com/onobooks2018
값 15,000원
ISBN 979-11-7043-017-9 03810

이 도서의 국립중앙도서관 출판예정도서목록(CIP)은 서지정보유통지원시스템 홈페이지
(http://seoji.nl.go.kr)와 국가자료공동목록시스템(http://www.nl.go.kr/kolisnet)에서 이용
하실 수 있습니다.(CIP제어번호: CIP2019033744)